张小娴 经典作品

Never Say Goodbye, Never

永不永不
说再见

湖南文艺出版社
HUNAN LITERATURE AND ART PUBLISHING HOUSE

博集天卷
CS·BOOKY

图书在版编目（CIP）数据

永不永不说再见 / 张小娴著 . — 长沙 : 湖南文艺
出版社 , 2018.8
ISBN 978-7-5404-8809-3

Ⅰ . ①永… Ⅱ . ①张… Ⅲ . ①散文集—中国—当代
Ⅳ . ① I267

中国版本图书馆 CIP 数据核字（2018）第 165739 号

上架建议：畅销·散文

YONGBU YONGBU SHUO ZAIJIAN

永不永不说再见

作　　者：张小娴
出 版 人：曾赛丰
责任编辑：薛　健　刘诗哲
监　　制：毛闽峰　李　娜
特约策划：张　璐
特约编辑：马玉瑾
营销编辑：杨　帆　周怡文
封面设计：TOPIC DESIGN
版式设计：利　锐
内文插画：[西]Gemma Capdevila Vinaja
出版发行：湖南文艺出版社
　　　　　（长沙市雨花区东二环一段 508 号　邮编：410014）
网　　址：www.hnwy.net
印　　刷：北京中科印刷有限公司
经　　销：新华书店
开　　本：880mm×1270mm　1/32
字　　数：191 千字
印　　张：10
版　　次：2018 年 8 月第 1 版
印　　次：2018 年 8 月第 1 次印刷
书　　号：ISBN 978-7-5404-8809-3
定　　价：54.80 元

若有质量问题，请致电质量监督电话：010-59096394
团购电话：010-59320018

序

永不永不说再见

忘掉岁月，忘掉痛苦。

忘掉你的坏。

我们永不，永不说再见。

人生总有无法不说再见的时候，我们的人生，不正是不停地说再见吗？

生命短暂，能够说再见，还有机会再见，已经是多么幸运？有时候，我们不是不想说再见，而是不敢。已经习惯了，已经投资了自己的青春，一旦离开了，不知道以后会变成怎样。然而，人要勇于说再见，才有幸福的可能。

但愿我们都有说再见的智慧和勇气。当我不想说再见，只是因为我还在乎；而快乐，还是比痛苦多出了很多倍。

酷爱的女人，总在爱情版图上拼凑永不永不说再见的理由：

因为痴情，所以永不永不忘记……

守候，是对爱情的奉献。真心的守候，不需要"守得云开"，即使看不见天际的明月，但我心自有明月，我们将以另一种形式长相厮守。

因为专情，所以永不永不痛苦……

甜如蜜糖的爱情，有时也会突然变调。他说："你会找到一个比我好的人。"而你却微笑说："但我不会再对人那么好了。"

因为多情，所以永不永不孤单……

在苍茫人世间，我们有时会找错另一半。但另一半有一天会出现，届时爱情会呼唤我们。

因为深情，所以永不永不苍老……

我的新年愿望是：但愿此生永远有你在我身旁。当你鬓已成霜，我才相信，你真的属于我。

因为纵情，所以永不永不别离……

我渴望穿过你的身体，与你合而为一。你叫我魂牵梦萦的，是你的智慧；欲火因智慧而燃烧，情爱生生不息！

张小娴

Chapter

01

永不永不忘记

Chapter

02

永不永不痛苦

Chapter

03

永不永不孤单

Chapter

04

永不永不苍老

Chapter

05

永不永不别离

忘掉岁月，忘掉痛苦。
忘掉你的坏。
我们永不，永不说再见。

永不永不
说再见

Chapter

01

永不永不忘记

原来，人只是拥抱着时间洗涤不去的记忆。
爱也好，恨也好，不会全部留着。
我们记得一些，忘了一些，忘了为何忘了，
也害怕会忘了不想忘记的、最璀璨的、深爱过的记忆，
更不想对方比我先忘记。

爱里有许多伤痕

很早之前已经买了野岛伸司编剧的《世纪末之诗》回家，一直等到现在才有时间看。今天刚刚看到第六集。两个男主角有一段对话。老的跟年轻的那个说：

"爱里有许多悲哀。爱里有许多伤痕。"

这些都叫恨吧？

当你喜欢一个人，其实你包容了许多事情。当你爱一个人，你也怀抱着许多原谅。没有单纯的爱。

你爱着的那个人，曾经做过对不起你的事，伤了你的心。你原谅了他，因为你知道他是爱你的。可是，每一次吵架的时候，你又想起了他曾经怎样对你。你也许一辈子也没法忘记。

既然这样，为什么不分开呢？

然后，你发现，每一段爱情都无可避免会有伤痕。展示伤痕，是痛苦的。忘记伤痕，才可以重生。如果你以为爱情容不下一点瑕疵，那么，你大概一辈子也找不到爱情。

爱里面不但包含了许多悲哀和伤痕，还包括了埋怨、妒忌和轻视。我们每天都去学习怎样忘记这一切。

为什么要忘记？生命短暂。我们既然选择了对方，那么，我们就是要一起去追寻快乐。那些伤痕只是让我们更珍惜欢笑的时光。

幸福的境界

在《世纪末之诗》的终结篇，已经走到人生尽头的老教授说：

"有所爱的人，有吃的东西，有睡觉的地方，便是幸福。"

这句话的次序也许应该倒转一下：有吃的东西，有睡觉的地方，有所爱的人，便是幸福。

先要温饱，我们才有力气去追求爱情。基本需要得到满足，也找到了爱情。那么，我们最终追求的，是自我实现。爱情并不是终极的理想。有一天，我们能够为理想而舍弃爱情，同时也尊重我们所爱的那个人为理想而离开，这是最幸福的境界。

什么是幸福？你的幸福和我的幸福是不同的。

彼此相爱，你的幸福便是我的幸福。

一天，我们分开了。你的幸福，说不定是我的遗憾。我的幸福，也许是你的痛楚。

幸福是相对的。我们跟别人比较，跟从前的自己比较。

老教授说："爱是荒废的灵魂遇到幸福的邂逅。"

这句话也应该倒转过来吧？幸福是荒废的灵魂遇到爱的邂逅。

我和你，谁比谁更幸福呢？幸福是没有形态的。幸福是一种境界。

时间会让你死心

一个女孩子暗恋一个男孩子两年了。她曾经鼓起勇气向他表白，当时他只是微笑，没有回答。半年之后，他告诉她，他仍然挂念着初恋女朋友，现在没打算谈恋爱。

虽然如此，她仍然没有放弃。他知道她喜欢他，所以，他有时对她的态度和语气也很差劲。身边的朋友都替她不值，她也知道，但她还是那么喜欢他。她说：

"你曾经说过，想不喜欢一个人，只需要把他的缺点放大就可以。如果我已经了解他的缺点，而仍然喜欢他，那怎么办？"

那真是没办法了。

既然连他的缺点都不介意，那么，只好等时间让自己死心。

为什么要这样委屈自己去喜欢一个人呢？当他不爱你的时候，他是骄傲的，所以，他可以对你那么差劲。有一天，当他寂寞，当他找不到女人的时候，他或者会要你，但那不是爱。他要了你之后，也许会对你比以前更差劲。你终于可以和他亲近了。你以为你可以用爱去改变他和感动他。然而，一天一天地过去，你发觉只是你一个人在付出。他不爱你，从前不爱，现在不爱，以后也不会爱。

时间会让你输得心服口服。那时候，你才会真正了解他的缺点。

故事已经完了

有些女人，虽然已找到了幸福，却仍然会想念旧情人。

她甚至考虑过放弃现在的丈夫，回到旧情人身边。由于已经和旧情人失去了联络，这个想法只好一直藏在心里。

然而，当她重遇旧情人，她又会萌生离开丈夫的想法。她知道对不起丈夫，可是，她又忘不了青葱岁月里的一段旧情。那时候，她和他因为一些原因而分开了。多少年来，她总觉得她和他的故事还没有完。

故事一定要有结局的吗？

假如要有结局，什么才是结局？

爱情不是小说或电影，必须有个结局。美丽的结局，也不过是文学和电影才有的。现实生活里，所有的感情，不一定会有一个清清楚楚的结局。

两个人分开了，故事也就完了。若有机会再爱一次，故事又重新开始。若没有机会重遇，上次的结局便是结局。

我们都希望自己的爱情有一个像电影或小说那样美丽的结局。这个想法太天真了。故事要完，结局并不可以修补。我也想和你有一个荡气回肠的结局，可惜，并不是我想就可以的。

清醒一点吧，世上并没有未完的故事，只有未死的心。

走失了的狗最可爱

那个人一直都对你很好，但你始终没有爱上他。你自问以你这样的条件，实在不用屈就。然而，有一天，他跟别人谈恋爱了，你竟然觉得心酸。不但心酸，更糟的是你发现自己其实是爱他的。

你对他的恋人妒忌得要死了，你想他回来你身边，但又希望保持自己的尊严。他现在愈是快乐，你便愈痛苦。原来，你爱他已经爱得很深了。

钓不到的鱼是最大的。

你爱他并不是你自己所以为的那么深，你只是没有你自己所以为的那么有自信。

吃不到的葡萄也不是酸的，而是太甜了，甜得你不敢想象，唯有说是酸的。

有些女孩子知道旧情人谈恋爱之后，整个人会很失落。明明是她提出分手的，她自己也有新的男朋友，却为什么还是有酸溜溜的感觉呢？原来，放走了的蝴蝶是最美丽的。

舍弃了的东西是最有价值的。

走失了的小狗是最可爱的。我有一只走失了的混种小狗，直到今天，我还是觉得它聪明伶俐，活泼又美丽。而事实上，我只是大概记得它的模样。

你的仰慕者移情别恋了，你就当是你养的小狗走失了吧。它的好处，就是它走了。

在烟波里

有时我觉得很奇怪，许多女孩子和男孩子都问我：

"怎样可以忘记一个人？"

人本来就是最善于忘记的动物。你根本不用害怕自己无法忘记一个人。你早晚会把他忘掉。当然，你不会完全忘记他。到了后来，你的记忆里，只有往事的轮廓，细节已经模糊了。

你记得两个星期前的周末，自己在哪里吃饭吗？

你记得初恋男朋友的生日吗？

你记得你中学时最要好的一个同学的生日吗？

你记得你在小学六年级时在别人的纪念册上写过些什么吗？

你说："你太挑剔了！这些事情当然不记得！"

不是我挑剔。人生本来就是一个不断忘记的过程。

即使没有患上老年痴呆症，我们也不会记得所有事情。

你现在忘不了他，因为你还没有爱上别人。当你爱上别人，你会渐渐把他忘记。

你说："不！不！不！我绝对忘不了他！"

是的，爱意永在。然而，记忆已模糊，生活还是要继续。往事，在烟波里，愈来愈远了。

我们的信鸽

分手之后，仍然勇敢地去参加旧朋友的聚会，仍然跟他的好朋友和家人保持一点联系，那无非因为这些人是我们唯一的信鸽。

在旧朋友的聚会上，也许会听到他的消息。期望他仍然是一个人，期望他仍然对你有一点思念。

听到他有了新恋情，心里很不是味儿，却要在人前装着若无其事。

而你也会故意告诉这些朋友，有好几个人正在追求你，条件都不错。即使不谈恋爱，你也活得很快乐。

拜托这些信鸽告诉他，他们最近碰见过你，顺便也报告一下你的近况。

信鸽回来之后，也会捎来他的消息。

虽然分开了，但你不愿意割舍。偶然，还会约会他妈妈、姐姐或妹妹。她们总是说：

"还是你最好！"

这番话是安慰，还是衷心的？她们有这样告诉他吗？

许多年了，他跟别人一起生活，你也找到了自己喜欢的人。然而，你仍会跟信鸽见面，打听旧爱的消息。

不坏的旧情人，是苍茫人世上的一点温暖。最好是大家都活得不错吧。有没有信鸽，已经不重要了。

走过他住的地方

分手之后，你有经过他住的地方吗？

其实不是偶然经过，而是你故意走去的。

他不会再跟你见面了，你唯有用这种方法跟他见面。明明知道他这个时候不会在家，你才有勇气来到这个你曾经很熟悉的地方徘徊。他就住在上面，房子里现在没有光。你仰头看着那一扇窗。你们曾经那么亲近，他甚至蹲在地上替你绑鞋带，然而，当他不爱你，他却忽然变得高不可攀，你只能像一头被遗弃的小猫那样俯伏在他门边。

日复一日，你走过他住的地方，只是为了治疗别离的创伤。

大晴天或下雨天，你像个傻瓜那样躲在檐篷下面，渴望可以见到他。当见到了他，你只是躲得更隐蔽一些。

上班的时候，你故意绕过他的家。下班之后，同事和朋友都有约会，你只好孤单地来到他住的地方凭吊一段逝去的恋情。

每来一次，你更加知道，他是不会回到你身边的了。

然后，有一天，你看到他带着另一个女人回来。他们一边走一边笑，他脸上的笑容，就像跟你热恋时的笑容一样甜。原来，他对你并不是特别的好。明天，无论阴晴，你不会再来了。

我有事找你

好想见他，又找不到什么借口，于是，只好在电话里认真地跟他说：

"我有事找你。"

"好吧。"他说。

太好了！他来到约定的地方。我望着他，等他说话。他好生奇怪，心里在想："她不是说有事找我的吗？"

他首先打开话匣子，我快乐地跟他聊天，又不停吃东西，胃口好得不得了，就是没说我找他有什么事。

回家的路上，我们聊了很多事情。今天晚上，我过得很开心。分手的时候，我完全忘记了我找他有什么事，他也忘记了问我。

我没有什么特别的事情。我们之间有点云雾，有点暧昧，我很想见你，又怕被你拒绝。事情就是这么简单。

"我有事找你。"这一句话，总是被女人普遍地使用。

很想跟已经分手的男朋友见面，又怕他不肯来，我们只好在电话里像煞有介事地说：

"我有事找你。"

假如你对我尚有一丝关怀，你就来吧。

请你不要冷漠地问我："你有什么事？"

我不过想见你。

98% 死心

女孩说："我对他已经 98% 死心了！"

那余下的 2% 呢？

不肯 100% 死心，那 2%，是为自己留下，也为他留下的。

等待 2% 的奇迹，是多么地渺茫？可是，死心这回事，不是你要死心便可以马上死心的。

当爱情腐朽，当那个人一次又一次让我们绝望的时候，我们已经死去 98% 的心，本来应该是 Game Over 了，然而，我仍旧在我短暂的青春里拨出 2% 的光阴等待。

这 2%，已是我的全部。

这全部的 2%，犹如微弱的烛光，我不知道它什么时候会熄灭。当身边的朋友问："你为什么还不死心呢？"

我说："快了，只剩下 2% 了。"

一天，也许只剩下 1%。

可是，死剩 1% 的心，却仍然是无可救药的重。

最后的情书

亚洲女富豪龚如心被勒索案开审，控方呈上龚如心失踪丈夫王德辉四页遗嘱的条文。

其中的内容包括：

"……我爱妻子，世上她是我最爱，在我死后，任何属于我的财产物业，我的身体，都属于我爱妻……"

"One Life Love."

不管是真的还是假的，真想要那样的遗嘱。

出名吝啬的王德辉夫妇，青梅竹马，十分恩爱。看过一篇龚如心的访问，龚说，她一向喜欢梳辫子。一次，她陪王德辉应酬，对方看到了她的辫子，批评了几句，大意是说那两根辫子不太适合她的身份和年龄吧，王德辉听见了，非常愤怒，当场骂对方不该批评他的妻子。

无论这个男人多么吝啬，他对妻子的爱，却是慷慨的。有哪个男人会为妻子的两根辫子护航呢？那看来是微不足道的小事，因为被批评的是自己所爱的人，所以也会怒火中烧。

有时候会想，我爱着的那个人有没有写下遗嘱？他会写些什么？他会把什么留给我？我的生活不成问题，财产并不重要。可是，我想知道我在他心中的地位。

他的身体是不是会留给我，即使已化作飞灰？

那样的遗嘱，是最后的情书，多么感动，也无法回信了。

想要一个马屁精

男人的甜言蜜语，就等于向女人拍马屁。哪个女人不想要一个马屁精呢？他拍的马屁，总是叫你心花怒放，他会说：

"三十岁的你，拥有二十岁的女孩子所没有的慧黠。"

"你是我见过最聪明的女人。"

"缺点？这不是你的缺点！这是你的个性，你很有个性。"

"胖？你一点也不胖！意大利文艺复兴时代的女性，就是这种体态，我最讨厌像患了厌食症一样的女人。"

"我想，你到了五十岁，还是会像现在这么漂亮的！"他说。

"怎么可能呢？"你说。

他连忙说："当然不会跟现在一样，但你肯定会是五十岁的女人之中最漂亮和看起来最年轻的。"

"我老了！"你说。

"你老了，我也一样爱你！"他说。

"我是不是很笨？"你问。

"你不是笨！你人太正直，太聪明，又长得漂亮，根本不需要想办法生存，所以不会做人。"

"真的吗？"你问。

"我不喜欢说谎。"他说。

这样的马屁，若能拍足一辈子，也就是真的了。拍不足一辈子，也够女人怀念一辈子了。

留给情人的蓝雪花

女孩子送了一盆植物给男人，要他好好地照顾它。万一他让它枯萎了，那就代表他已经不爱她。

那盆植物叫蓝雪花。花开的时候，颜色是淡蓝色的。花很小，只有五片花瓣，叶很多。把花盆吊在阳台上，花叶会向外延伸生长，变成一大片的蓝。种花的难度若分为五级，种蓝雪花的难度就是第二级。它非常容易照顾，但要多看它一眼，多关心一下。

蓝雪花要放在阳光下面，夏天早晚浇水各一次，若有一天忘了浇水，盆栽的重量会忽然变得很轻。冬天的话，就要减到四至五天浇水一次。夏天开花的时候，还要施肥。

起初的时候，男人很用心地去照顾这盆小小的植物。若有一天没有阳光，他就担心得要死，害怕那盆花会枯萎。听到人家说植物多听音乐会生长得漂亮一点，他就让它听音乐。那个夏天，花开得很漂亮。

到了冬天，他开始疏忽那盆花。心情好的时候，他为它浇水。心情不好的时候，他就忘了。终于有一天，那盆蓝雪花枯干了，忧郁地吊在阳台上。女孩子知道，男人已经没有以前那么爱她了。这一盆留给情人的蓝雪花，见证了一段爱情的生与灭，从风情万千到花叶凋零，总是如此的吧？

在记忆里永存

有些画，你第一眼看的时候，觉得还可以。放下之后，你在脑海里反复再想起那幅画，愈想愈觉得不能接受。那幅画愈想愈丑。

又有一些画，初看的时候，你觉得没什么特别。回去之后，你愈想愈觉得那幅画很漂亮，你巴不得立即拥有。

当你跑到画廊，对不起，那幅画已经被人买了。画廊职员的表情好像在说：

"谁叫你当天不识货？"

并不是你不识货。喜欢一样东西，难道不需要用思念去强化的吗？

第一眼看到一幅画的时候，你的确不觉得美。离别之后，它在你记忆里回荡，你才知道，它原来是那么美丽。

当一幅画、一首诗、一阕歌和一个人，在记忆里永存，化作思念，便会变得比原本更好。

那首诗，也许不是那么好，但你在某个时刻、某种心情之下读了，它在你的记忆里便会愈来愈好，愈来愈无法代替。

那个人，你是因为觉得他不够好才离开他。可是，离别之后，经历了万水千山，你才发现，他有那么多的好处。

也许，他并没有那么好。你爱着的，不是当天的他，而是回忆里的他。

他都不爱你了

要忘记一个人，也不是没有方法的。这个方法，包括外在和内在。

外在的方法，你和我早就知道了，那就是——时间。

无论你是否愿意，时间流逝，会让你忘记一个人。

内在的方法，是不要依恋。

分手之后，持续地想着对方有多么好，那样只会让自己沉沦，愈来愈执着，也依恋得愈来愈深。

他不爱你了，不要再想着他有多么英俊。

他走了，不要再想着他多么富有。

他不在你身边了，不要再想着他的性格多么可爱。

已经分手了，不要再想着他曾经待你多么好。

不再执着他的优点，你才可以快点忘记他；也不要执着他对你曾经多么坏，整天心怀愤恨，你便没法忘记他。

他再怎么好，都已经是昨天的事了。

我们无法忘记一个人，往往不是因为对方有多么难忘，而是因为我们有多么依恋和执着。

当你执着，连时间也要向你投降。他有什么好呢？他都不爱你了，他将与另一个人共度余生。

不必有回音

这些年来，每一年的圣诞节，我会寄圣诞卡给我以前的一位中学老师，从未间断。我没有在圣诞卡上写上我的地址。最初不写，是不想失望。如果收不到她的回音，我怕我会失望。后来不写，是因为已经没有这个需要了。有些事情，是不需要回报的。也许，我同时也害怕收到她的回音。

每年的一张圣诞卡，只是一个温暖的问候。若她有回音，那便变成一份感情。有了感情，便有负担。多年没见了，如果在路上碰到她，或者有机会坐下来，我甚至不知道说些什么。旧同学之间，会有许多共同的回忆。师生之间，却没有太多共同的往事。

圣诞卡寄出去许多年了，一天，我忽然收到她寄来报馆给我的一张圣诞卡和一个音乐盒。她知道我喜欢音乐盒。她在卡上说，最初那几年，收到我的圣诞卡时，并没有特别大的感受，后来的每一年，当圣诞节来临，她便开始盼望收到我的圣诞卡。每天看我的专栏，也早已经成为她的习惯。

思念和等待，也都是一种习惯吧？为了不让她失望，往后的日子，我还是会寄圣诞卡给她。

我不在这里

即使你不相信前世和来生，也不相信轮回再世。死去的人，仍然能够以另一种形式活着，他们活在别人的回忆里。

人是不会死的。生命有限，感情却是无限的。我们不是正在读着前人所写的书，唱着前人所作的曲，也欣赏着前人所画的画吗？

唯有相信世上有无限的可能，活在当下，才会有更深的意义。一个女孩子抄了一首诗给我，这是人们在一位死去的士兵身上找到的。

我把诗翻译了：

我不在这里

不要站在坟墓旁边叹息流泪，
因为我不在这里，我也没有睡着。
我是扬起了千千遍的风，
我是雪地上闪烁的白光，
我是拂照着田野的太阳，
我是秋天里温柔的风，
我是夜空的星星，
不要站在我坟前哭泣，
我不在这里，我没有消逝。
回忆和想念，是不会消逝的。

马头门铃

他肖马，爱搜集关于马的东西，他家里那一张地毯的图案是一匹马，他有十二匹小小的水晶马，放在睡房里，他说是朋友送的，她一直怀疑是他前任女朋友送的。那时，她二十三岁，他二十九岁，相识一个月便打得火热，他向她求婚，她说她的理想是二十八岁出嫁。

过了一年，他不再向她提结婚的事，他说除夕要陪家人，不能陪她，两天之后，她在他抽屉里找到一张即时成像的照片，是他跟另一个女人在除夕舞会上的手牵手的合照。

她告诉他要去美国探亲，他送她上飞机，在飞机上，她哭了，她知道她和这个男人已经完了。

在拉斯维加斯一间商店里，她看到一个门铃，那个门铃是一匹白马的马头，她知道他一定喜欢，立即买下来，她不放心把门铃放在皮箱里托运，所以一直放在身边。

他来接机，她把门铃送给他。

三天之后，她决定离开这个男人，她趁他不在的时候，留下一封信在床头，收拾自己的衣服离开了。

到她二十八岁那一年，她失恋，打电话给他，他请她到他的新居，那是一间很大的屋，开门之前，他问她有没有留意那个门铃，原来那是她四年前买给他的马头门铃，可是，她竟然一点感觉都没有，她的心正在为另一个男人伤痛，她也不知道，人是有情抑或无情，她曾经珍而重之的礼物，在爱情消逝之后，就毫无意义。

情如 C_{60}

俄国和法国科学家最近发现了一种比钻石更坚硬，硬度足以划花钻石的碳分子，名为 C_{60}。

"钻石恒久远，一颗永流传"，以后要改为" C_{60} 恒久远，一颗永流传"了。

女人喜欢钻石，更喜欢男人送钻石给她。每一段爱情和婚姻，都少不了一枚钻石指环。

女人的级数，由她拥有的钻石的克拉数来决定。男人的级数，则以他能送出的钻石的克拉数来决定。

如今竟然发现了 C_{60}，一如十二个星座以外突然多出了一个蛇夫座，令大家阵脚大乱，女人不能再以永恒为借口逼男人送钻石，因为世上有比钻石永恒的东西。若能打磨成为宝石，将是钻石的灾难，也是男人的灾难，它必然比钻石昂贵。

世上最昂贵的东西，乃是永恒，以及一切关于永恒的希望——羊胎素、燕窝、人参等等。

C_{60} 将比钻石更有前途，"钻石"这名字并不动听，也不诗意。但 C_{60} 可以中译为"思六十"，男人送 C_{60} 给女人，是"情如思六十"，代表相思六十年，也代表男人向女人许下六十年承诺。二十岁相恋，爱六十年也差不多吧？说永恒太虚伪，不如许诺六十年。

若单恋一个女人，也可以送她一颗思六十，代表单思六十年。加西亚·马尔克斯的名作《霍乱时期的爱情》，男主角也单恋女主角六十年才感动她。

比烟花永恒

一名英国妇人，根据丈夫的遗愿，将他的骨灰放在一支烟花炮里，并于十一月九日，发射到半空，当烟花炮上升至约六十米的高空时便会爆炸，成为漫天的烟花，随即星尘四散。

十一月九日是我一个朋友的生日，希望她的生日蛋糕上不会有从天而降的微尘吧。

男人生前是从事艺术修补工作的，死后决心要像烟花般璀璨，大抵这是他唯一一件原创的艺术品吧。如果烟花能在半空中写字，在星空上留言："太太，我爱你。"也许会更美妙。

男人宁化飞灰，可是烟花散落之后，也将化作浮尘，两者并没有分别。作为太太，把至爱的人的骨灰，还给大地，毕竟要忍心。

外国早已有商人制造了特别的吊坠，吊坠是一个精巧的小盒子，可以将死去的人的骨灰放一部分在小盒子里，天天挂在胸前，形影不离。可是，打开小盒子时，不小心打一个喷嚏的话，骨灰就飞走了。

听说男人最喜欢送给女人的礼物是手表，手表代表时间，时间代表永恒，那何不把骨灰放在永恒的时间里？就把骨灰代替细沙，放在沙漏里，让它慢慢从一边流到另一边，永恒地流动吧。

岁月流逝，我没有忘记你。

P.S.

P.S. 是信中的补遗，在信中忘了提及一些事情，于是在信末写上 P.S.……然后才收笔。

这 P.S. 里的事情该是一些并不重要的事情，然而，许多时候，在洋洋洒洒数千字里，欲语还休的事情，还是放在 P.S. 那一段。

收到远方的来信，他告诉我，消失了这么多年，是去了美国，那边的生活很平静，虽然枯燥，却适合他的年纪。他告诉我，他住的地方，有一个很大的果园，可以种樱桃树和梨树，那边的橘子特别鲜甜。家附近有一个湖，放假时可以到湖上玩，冬天在湖上溜冰。P.S.：我结婚了，有两个孩子。

"我结婚了，有两个孩子。"不是最重要的事情吗？为什么放在 P.S. 里？是刻意把事情淡化，还是欲语还休？还是对一个失意的男人来说，结婚生子并不是一件重要的事情，只是生命的余韵，他本来不想告诉我？

有人收到旧情人的信，吐露新生活的点滴，P.S.：你好吗？

这"你好吗"才是重点。他最关心的是"你好吗"，他仍然爱她，为了自尊，唯有把"你好吗"放在 P.S. 里，轻描淡写。

原来，一封信多么长也没有意义，写得多么潇洒也是徒然，所有重点都在 P.S.，余音袅袅，没有 P.S.，我们根本不用提笔写这一封信。

有一天，你会舍得

女人说："很想离开他，但每次都舍不得。"

两个人在一起的日子久了，要分手也不是一次就可以分得开的。明明下定决心跟他分手，分开之后，却又舍不得，不到一个星期，两个人就复合了。复合了一段时间，还是受不了他，这一次，真的下定决心要分手了。分开之后，又舍不得。一个月之后，两个人又走在一起。

女人悲观地说："难道就这样过一辈子？"

请相信我，终有一次，你会舍得。

舍不得他，是因为舍不得过去。和他在一起曾经有过很快乐的日子，虽然现在比不上从前，但是他曾经那么好，怎舍得他？

离开之后又回去，因为舍不得从前。每一次吵架之后，都用从前那段快乐的日子来原谅他。在回忆里，他是好的，那就算了吧。

无法忍受他，这一次真的要离开他了。可是，因为舍不得从前，于是再给他一次机会。每次对他有什么不满，就用从前最快乐的那段日子来宽恕他。在回忆里，他是曾经拿过一百分的。

然而，快乐的回忆也有用完的一天。有一天，你不得不承认那些美好的日子已经永远过去了，不能再用来原谅他。这个时候，你会舍得。

有多少个男人曾经为她喝醉？

女人跟男朋友分手，往后那几天，她没法找到他。她传呼他，他不回她电话。她很担心他。后来，她从男人的朋友那里知道，男人很伤心，天天去喝酒。

她还是爱着他。那么多年了，他常常让她失望，她毅然决定离开他。知道他天天去喝酒，她很担心他会喝醉，也担心他喝醉之后没人照顾，又担心他喝醉后开车会有危险。

既然决定离开一个人，何必还要回望？

喝醉的人，终有一天会清醒过来。也许是三个月，也许是半年。他将会有他自己的人生，不用你来担心。你不要他了，就没资格再去担心他。

也许，当女人知道男人为她而喝酒，她总会有点自责，也有点自豪。

他伤心得要去喝酒，证明他还是深深地爱着她，无法自拔，只能用酒来麻醉自己。

他爱她爱得那么深，她当然又有一点自豪。有哪个女人不希望男人永远爱着她？她离开他，但她没叫他忘记她。当她知道他想用酒精来忘记她，她心里很难过，也觉得他很傻，这样怎能忘记她？

两个人吵嘴的时候，男人喝得大醉回来，女人总会感动得立刻投进他的怀抱里。她会记着这一辈子有多少个男人曾经为她喝醉。

梦里相依的时刻

两个人走在一起，无论日子是短暂还是长久，总有许多美好的瞬间。就在那些瞬间，你知道你曾经爱过或被爱过，你享用过爱情里的幸福。地老天荒的回忆，也不过是由这些瞬间组成。

一天比不上一瞬间悠长。你或许忘了跟他是怎样度过某一天的，然而，如果那天有一个甜蜜的瞬间，你此生也不会忘记。你反而忘记了那天是哪年哪月。

我记得的瞬间是这样的：

一天，我看到身边的人在他的睡梦中，双腿抖了一下。

人在熟睡时，身体有时会无意识地抖一下，自己或许知道，或许不知道。这时候，如果身边的人还没有睡，便会看到这个无意识的动作。假使两个人的身体靠在一起，甚至能够感觉到那一下抖动。那一刻，他没有醒过来，也许是睡得太甜了。

这个稍纵即逝的瞬间，却刚巧让我看到了，并永远收在我的回忆里。我看到一个男人像孩子一样纯洁的一刻，我分享了他那毫无意识的一抖，是只有最亲密的人才会看到的。他也曾看过我在梦里抖动吗？

我们在这世上寻觅爱情，以减低自身的漂泊之感。两个人在梦里紧紧挨在一起，宛若坐上一条小船，这船是要渡到永恒的。风高浪急，有一天，我们记不起一路上是怎样走过来的，却不会忘记梦里相依的时刻。在永恒之前，某些甜蜜的瞬间已经足够我们了无遗憾地过完这一辈子。

瞬间的悠长

　　有时候我会希望身边的男人为我做点小事情。也许只是去厨房帮我倒一杯白开水，去帮我开灯，拿一件外套，又或者当当跑腿，帮我买点好吃的东西。

　　这一切，本来都可以自己做，而大多数时候，我都是自己做。然而，当自己喜欢的男人就在身边，你会突然想懒惰一下，希望他肯为你服务。不过是走上几步拿一件外套或拧开一盏灯罢了，只要一开口，就有人愿意为你做，那种感觉是不一样的。

　　男人这时候说"你自己为什么不做？"就是个非常小气的男人，不值得爱。乖乖地去做，或者一边说"你这个人真懒惰！"却一边带着微笑去做的奴隶，我会很感动。

　　不是要你为我赴汤蹈火，也不用你山盟海誓，说什么一辈子都会照顾我。一个男人为所爱的女人死而后已的机会，说不定今生今世也不会出现。至于承诺，也许会消逝。然而，在我不想动的时候，肯为我去厨房倒一杯热茶，或者在我疲倦的时候帮我抹脸和换衣服，这些机会，一辈子有很多。他不必爱我到永远，谁知道永远有多远？在我渴求的时候，此刻就是永远。当我说"可以帮我绑鞋带吗"，而他愿意俯下身去为我做一件这么微小的事情，那一瞬间，便已经是永远。

喜欢一个人

你上一次喜欢一个人，是什么时候？

喜欢，就是有爱上他的可能。

但是，这个可能不一定会成真。喜欢只是一种最初始的感觉。喜欢，是你很想亲近他，很想了解他，很想知道他是不是单身。所有的喜欢，最后只有一小部分能够成为爱情。

不管能否开花结果，喜欢一个人的感觉都是愉快的。

一旦喜欢一个人，你会变得在意自己的外表，渴望自己能吸引对方。

喜欢一个人的时候，你会变漂亮。

喜欢一个人的时候，就有了许多可能性。凡是可能性，都令人兴奋。

喜欢一个人的时候，你工作时也会更有神采。

喜欢一个人，让你感觉年轻。

喜欢一个人，令你的人生充满希望。

然而，喜欢一个人，也会令你变得患得患失，害怕被他拒绝。

如果你喜欢的人已经有伴侣了，你会失意。

如果你喜欢的人不喜欢你，你的自尊心会受到伤害。

只是，喜欢或不喜欢，从来不是由我们自己去决定的。

你会毫无预兆地喜欢一个人，或毫无理由地不喜欢一个人。但你会一辈子怀念喜欢了某个人的那个瞬间。

离开便舍得

　　有时候，我们舍不得一个人，只是因为生活里还有对方的消息和痕迹。那么，唯一的方法，就是离开这些消息和痕迹。

　　看不见，也许就可以忘记。

　　C 说，跟她分开已经将近三年了，然而，三年来，总是不断有她的消息。那些好心的朋友会来告诉他，她最近做些什么……她还是一个人啊……因为大家的生活圈子重叠了一些。他想要完全忘记她，几乎是不可能的。何况，他家里还有她以前留下的东西。每一次看见那些东西，尤其是寂寞的时候，他会想念她。

　　毕竟是他爱过的人，要舍得，并不是不见面就可以的。

　　于是，有一天，他选择了离开。一个人搬离那个和她有过一段快乐日子的家。她留下的东西，他也不要了。他在另一个地方开始新生活，一年里面，他去了好几个遥远的地方旅行。

　　一天，当他一个人走在异国的土地上，他突然发觉，他已经不那么想她了。其实要舍得一个人，只要离开就好了。在异乡的苍穹下，他发现那段他以为放不开的感情只是因为他从来不曾放手。他总是以为大家还可以再开始，尽管他明知道两个人是合不来的。

　　他以为自己已经放手，那就好比一个人转身背向一片风景，却发现那片风景倒映在湖上，终究是舍不得的。那就只好离开那片湖。所有的不舍，唯有距离可以疗愈。

富有的乞丐

每个曾经热烈地爱恋过的人，都问过情人一个老掉牙的问题：

"你爱我吗？"

有时是明知故问，想听到甜蜜的回答。有时是因为心中充满疑惑。有时是知道爱已消逝，很想去挽回。

当你问这个问题，其实就是想得到对方的爱，希望他说爱你。我们都是爱的乞丐，渴望别人施与。

为什么要如此卑微呢？为什么不成为施予者？即使没人施予，也可以爱自己。

曾经，我宁愿问别人"你恨我吗？"可惜，即使是被我深深伤害的人，都说不恨我，我既感动，也有点怅然若失。原来，我辜负的是一份深情挚爱，不会因为我差劲而恨我。那一刻，我觉得自己是个可恶的乞丐。"你恨我吗"跟"你爱我吗"原来是没有分别的。

今天，我不再问问题，我宁愿说："我爱你！"你有多爱我，是否一如以往地爱我，已经不重要。我只想告诉你，此刻，我是多么地爱你。

当我们静下来的某个瞬间，一些过去的片段会突然在脑海飘过：那年那天的相识，那段甜蜜的情话，那一次狠狠的吵架，这些片段，如梦幻泡影，一年、十年和一百年也没有分别。在稍纵即逝的光阴里，何妨真诚地说一声"我爱你"？我不是乞丐，你也不是。

明月几时有

许多年前的事了，那时形单影只，一个在工作上认识的朋友约我中秋节去赤柱赏月，我没答应。当你不打算将他变成情人，这种邀请，还是拒绝比较好。后来，我们当然没有成为情侣，只是成了很谈得来的朋友，我也看着他不停换女朋友。

一天晚上，跟他和几个朋友在酒吧聊天，一个女人推门进来，我连忙指给他看："你看是谁！"他一脸茫然，想了很久之后，问我：

"她到底是谁？""她是你以前追求过的！"我说。

他这才想起来。人家没变胖，也没变丑。他追求她时，曾经告诉我，他和她是多么有缘。事隔数年，他竟然对她一点印象都没有，我庆幸那个中秋没跟他去赏月。

几年后的一个中秋夜，我在石澳吃饭，碰到他跟一个羞羞怯怯的女孩子在一起，我又想起了他当年的邀请。相约在中秋，也许是他追求女孩子的撒手锏吧。

他半生所追求的女人无数，我不知道他真正爱过的有几个。我不认为他了解爱，他是个追求数量而不是质量的人。假如一段罗曼史是一个月亮，那么，他此生追逐的，便是千千百百个月亮，管它阴晴圆缺。然而，一年只有一个中秋，最皎洁的月亮只会在今夜升上天际。我们追寻的，不正是这种难得的圆满吗？其他的，都只是生命中的某个夜晚，不是永恒的明月。

其中一种追寻

我写过好几个暗恋的故事。于是，读者会好奇地问我为什么如此明白暗恋的心情，是否我也暗恋过许多人？

如果有这种经历，我不会否认。我只是曾经对一些人有好感，幻想跟他一起或许会不错。当对方对我没有同样的感觉，我的感觉也会很快消失。

有些人并不适合暗恋，正如有些人并不适合苦恋或结婚。我享受被爱，喜欢被自己心仪的男人追求。我不会爱一个不爱我的男人。

暗恋的心情不难明白，那就等于恋爱，唯一的分别，是对方不知道，或者知道而不回答。然而，这唯一的分别同时也是最大的遗憾。一个得不到回答的恋人，是茫茫天际一颗羞怯而孤单的星星，眨着卑微的亮光，苦苦勾留。这么自虐的事，我不会去做。但我同情所有这些落寞的星星。如果可以说不，谁又会喜欢暗恋？

暗恋有时候或许只是一种幻想，当你得到了，幻想也破灭了。得不到的话，这种感觉也许会有一生那么悠长。当你年老，你会偶然想起，年轻的时候，你曾经那样暗恋过某个人，夜里偷偷为他掉眼泪。假使今生还有机会相逢，无论他变成什么样子了，你会怀念当时的感觉，怀念那时的自己。

　　虽然只有呼唤而没有回答，但是，暗恋仍然是一种爱情。不管是明还是暗，是浮上面还是浮不上面的，爱情是一种成长。

　　有一天，你会领悟，爱情只是人生其中一种追寻，却是我们浪掷了最多光阴去追寻的。

远处的一双眼睛

　　我们或许都经历过这种日子：你做一件事情，是因为你知道有一双眼睛在看。

　　那双眼睛属于一个你在乎的人。他也许是你的亲人，也许是你的恋人，也许是你仰慕和崇拜的人，也许是你暗恋的人，也许是你的旧情人。

　　有了这双眼睛，你无论做任何事情，首先想到的不是自己，而是这双眼睛的主人。他会怎样看这件事情？又会有什么反应和评价？

　　因为感到他在看或者相信他会看，我们总是奋力做到最好。所有的一切，变成不是为自己做，而是为他做，渴望得到他的认同或赞许。

　　假使偶尔赢得一点赞美和注意的目光，我们会更加卖力。那一刻，我们恍然明白，一个人若只能为自己努力，毕竟太寂寞了。若有一个你在乎的人在看，那才不枉此生。

　　他真的在看吗？譬如说你暗恋的那个人或已经不爱你的那个人。我们唯有相信他们会看见，只有这样，生活才能够有更大的动力。

　　我曾经为了一位老师的一双眼睛而每个星期上教堂。
　　我也曾为了一个男人的一双眼睛努力上进。

　　然后有一天，有个男人告诉我，他做的许多事情，都是因为我的一双眼睛。他甚至忘记了自己的需要。我却从不知道，他为了这双眼睛而选择了另一种人生。

　　那一双在远处辉映的眼睛，既是一种鼓励，也是一种情结，是我们多么想去讨好却又害怕失去的一双眼睛。

如果有机会

　　朋友跟我说，如果有机会和他仍然深爱着的前女友复合，他们相处的模式一定会改变。他不会再像以前那样，当她提出跟他不同的意见时，他便马上驳斥她，并认为自己是两个人之中比较成熟和聪明的那个。

　　我说："遗憾的是，我们不一定有机会。"他凄凉地笑了，说："这就是人生啊！"在此之前，他正在跟我讨论一种没有欲望的爱。

　　没有欲望，就是我爱你，你不一定要回报我。昨天的欢笑，便是今天的泪水。有欲望，便想占有，而占有根本是不可能的。没有欲望的爱，就是无偿地付出。

　　我告诉他，天底下的人都想得到无欲的爱，尤其是女人。最美好是有许多男人爱我和守护我，而我不一定要爱他们。可是，这种爱太宗教了，是不符合人性的。他女友离开他六年了，复合的机会渺茫。六年来，他仍然远远地守候着她。这样子的爱，是山上蜿蜒曲折的小路，太过幽深。

　　不求回报的爱，不是全无可能，那得要有一段距离。我们总是向自己许诺，如果有机会可以和心爱的人一起，一定不会再犯以前的错误。可是，一旦真的有机会走在一起，却又难免会有新的争执和沮丧。

　　我们渴望的爱是一回事，我们所能付出的爱，往往又是另一回事。

　　唯有永不结合，永远分离，才有可能成就一段无欲的爱。

上一次接吻

你上一次接吻是什么时候？是今天早上出门之前？是昨天晚上？还是已经是很久以前的事了？

每个人的答案都不一样，然而，回答的时候，你必定会想起那个吻，也想念那个吻。

曾经有个很傻瓜的女孩子来问我："你喜欢深吻还是浅吻？"

这两种吻是不一样的，怎么可以二者择其一呢？

"可是——"她说，"一旦和男孩子深吻，接着便会做那件事情，浅吻便不会。"这个想法有多么笨呢！深吻不一定是性爱的开始，即使通常如此，那又怎样？

当你忽然觉得很爱很爱一个男人，你会想深深吻他一下。

当你所爱的人伤心沮丧，你也会给他情深的一吻，是支持，而不是欲望。

有些吻是序幕，另一些并不。我们一生接吻的次数无从记录，你记忆最深的吻，却不一定是深吻。

即使很爱很爱一个人，你也不一定每一次都很想和他接吻。当他还没刷牙、当他口里有食物、当他刚刚吃过洋葱和大蒜……那一刻，你会宁愿他轻吻你的脸。

我们最容易忘记的，偏偏是激情的吻，因为更深的记忆往往在后头。

　　我们会怀念一个悠长的吻，那是一个记录。

　　我们会想念一个出其不意的吻，因为它通常发生在相恋初期最甜蜜的日子里。

　　我们渴求的，却是每天早上起床和晚上临睡的一吻，那是终生的厮守。

梦里不知身是客

　　当一个人暂时离开自己生活的地方，在异地旅游或流浪，的确会有做梦的感觉。有一年，人在佛罗伦萨，那个地方太美了，真的不想回香港，因为知道只要踏上飞机，十多个钟头之后，就要梦醒。

　　有朋友曾到法国旅行，住的酒店在山上。酒店游泳池的池水是从山下温泉引来的。在酒店里，任何东西都没有标价，你可以随便用随便吃喝，到结账的时候便会知道价钱。于是，有好多天，她过着富豪一样的生活。虽然知道愈是不标价的东西愈不便宜，但是有时候放纵自己的感觉实在太美妙了。

　　结账的时候，她才知道原来游泳池的毛巾也要收费。然而，因为那是梦一样的生活，所以连心痛的感觉也好像并不真实。直到回香港了，在疲倦和挫败的日子里，她会想念那个梦、想念那条昂贵的法国毛巾。

　　当你在希腊的小岛上漫步，或是在新几内亚的海底探险，那种感觉，何似在人间。

　　当你为了要忘记一段感情而远避他方，也像在梦里心碎。但是，在梦里心碎也比梦醒美好。

　　曾经有一段日子，我常常外游。去的地方不一定是我最想去的，但是每次回来，我便想着什么时候可以再走，仿佛眼前的生活只是过渡，旅行才是目的。那时候，也许是想逃避现实吧？

人在旅行之后，往往比在旅行中更珍爱那段日子，就像一觉醒来之后，你会怀念昨夜那个梦。因为你知道，很快很快，这个梦便会在记忆里消逝。

他有一排牙齿

　　许多人都尝过失恋的滋味，那段日子，像行尸走肉，最痛苦的，是没法把他从脑海中抹走。醒着时、睡着时、走路时、洗澡时、吃饭时，每一刻都想着他。

　　忘也忘不了，却又没法见到他。

　　思念是够苦的，耶稣帮不了你，圣母也帮不了你，唯一帮到你的，只有你自己。你没法不去思念那个人，那么，你唯有改变思念中的他。

　　改变的方法，就是不要以整体的美丽形象来思念他。每个人都是由不同的部分组成的，头发、皮肤、五官、牙齿、骨头、骨髓、肌肉、筋腱、心、肝、脾、肺、肾、大肠、小肠、血汗、脂肪、唾沫、鼻水、小便、粪便……不要被他的外貌迷惑，不要被他的神态吸引，这一切都只是包装而已，你不妨把他拆开来看。他不过是一排牙齿罢了，顶多也只是一排会走动的牙齿。你对一排牙齿有兴趣吗？

　　他不过是一堆头发，没有血肉感情。他不过是一堆血肉，什么也不是。

　　他不过是一层皮肤，没什么特别。他只是一团脂肪，毫不起眼。

　　他是两条鼻水，你还想不想要？他是一堆小便和粪便。

　　只要把离弃你的人解剖，再独立每一部分来看，你才发现，你所钟爱的，原来只是外表和幻象。

　　他是一排牙齿，你现在是不是好过了一点？

想念的滋味

曾经有人问："你知道想念的滋味吗？"

我想，我是知道的。可是，你是说甜的那种，还是苦的那一种？

相思的思念是甜的，即使因为见不到面而苦苦思念，也是甜美的。

单思的思念，却是苦的。

无论你多么想念他，他也不会再那么想念你了。

想念一个人，是多么无助的一种滋味？

你在床上翻来覆去，已经换了十几种姿势，还是没法不去想他。

你喝了一瓶又一瓶的酒，思念反而愈来愈汹涌。

思念会让你失去理智，甘心放下自尊。

明知道他不爱你了，明知道他有别人了，你还是会在难熬的夜里拨一通电话给他，说："我很想念你，我们可以见个面吗？"

你像死不瞑目的无主孤魂，但求有那么一刻不用再在苦苦的思念里轮回。

曾几何时，你不也对同一个人说过这番话吗？语气却是甜蜜的。

"我很想念你！我们见个面吧！"

他会放下手上所有的工作，马上在你跟前出现。

　　当我们还是恋人，我们才有义务为对方的想念负责。要你太想我，是我的错。

　　然后有一天，你发觉你不再那么想念一个人了；又或许，那个人已经不再想念你了。

　　你不会再等他的电话，他也不会再问你：

　　"今天有没有想起我？"

　　我们想念的，是曾经那么想念一个人的滋味。

回忆的凶手

　　如果我曾经跟我喜欢的人去过一间很罗曼蒂克的餐厅，并且在那里有过美丽的回忆，我大概不会再跟别人去那个地方。

　　回忆是要好好保护的，那才显得它的神圣。

　　地方还是那个地方，风景还是那样的风景，那支乐队还是唱着那几首歌，食物也都是那几款，但是最重要的分别是你跟什么人去。

　　那一夜，你跟你最喜欢的人去，你还记得他穿什么衣服，吃哪几道菜，说过哪几句话，这一切一切，跟那个地方深深印在你的回忆里。如果有一天，你们分手了，你独个儿重临旧地，也会记忆这一切。那份记忆是纯粹的，你只跟他来过这里，你不会在此时此地想起其他人。

　　回忆简单就是美，你跟你最喜欢的人去过那间餐厅，那为什么还要跟普通朋友去呢？跟不相干的人坐在那里，只会破坏你神圣的回忆。因为有了其他人，有了其他人的微笑和哭泣，那个地方不再是你和他的。

　　凶手作案之后，会破坏作案现场，你亲自破坏回忆的现场，你就是神圣回忆的凶手。

重寻美丽的偶然

许多年前，无意中在日本东京一家生活杂货店里买到一个漂亮的布袋，于是，以后每次重游东京，我都会去同一家店逛逛。可是，自从那个布袋之后，我再没有找到称心满意的东西了。

有些东西，的确只会让你遇到一次。

你也有过这种经历吧？因为一次美丽的偶然，我们爱上了一个地方，并且相信以后还会有更多惊喜。可惜，那些惊喜却不再出现了。虽然是这样，你也许还是会继续探访那个地方，直至你在另一处遇到一个更美丽的偶然。

无数次失望之后，仍然重临，只是因为不想错过。

我们多么害怕失之交臂？

有时是一袭衣裳，有时是一件收藏品，有时是一个人，你不一定很想拥有，但是，错过了便太可惜。

我们不敢错过有过美丽回忆或美好经历的地方，不是放不开，而是舍不得。

在平凡的生活里，我们乐于怀抱着一个微小的希望。为了一个希望，即使花一点时间，或再失望一次，又有什么关系呢？

为了忘却

我喜欢玩游戏，但不喜欢复杂的游戏。玩游戏的目的是忘却，而不是记忆。规则和方法太复杂，岂不是变成一种负担？也失去了游戏的意义。

很多年前，在朋友家里玩"猜戏名"，轮到其中一人时，他竟然拿出一个笔记本，很认真地把戏名记下来。

那一刻，我觉得这个人太闷了。他容或是个好学生和乖儿子，但肯定不会是个好情人和有情趣的丈夫。这样的人，是不容易在生活中找到欢乐的。我没有猜错，这些年来，他不怎么快乐，爱情也从来没有降临在他身上。

玩游戏，是为了寻开心、忘记烦忧、忘记所有你想忘记的事情。

有些朋友几乎天天晚上去泡吧、跳舞，乐此不疲。我受不了喧哗，无法相陪，也以为他们喜欢这种生活，直到其中一人告诉我：

"我只是想忘记。"

在强烈的音乐下，说话也得扯大嗓门，一杯在手，原来可以忘记工作的压力，忘记许多不如意的事。人累了，回家便倒头大睡，连今天晚上的事情也忘记了。

到外面去旅行，寻求的也是忘却：忘却生活的匆忙，忘却回去之后会有堆积如山的工作和艰巨的挑战。

忘却，是一种逃遁，也是复原。忘却之后，我们只留下最美好的记忆。

我是为你好

"我是为你好"是我们常常用的一个借口。

我们不会为不相识的人好，不会为邻居好，也不会为一位泛泛之交好，我们只为我们所爱的人好。

因为出发点是如此崇高，于是我们可以理直气壮地说：

"你不要再跟那个人来往了，他讨厌。"

"你不要穿这种衣服，你穿得难看死了。"

"你不该上这个课程，只有傻瓜才会认为有用。"

"你不可以看些比较有深度的书吗？这些全都是垃圾。"

我们总是喜欢把自己的价值和喜好强加于喜欢的人身上。

既然我喜欢他，他也喜欢我，那么，我喜欢的东西，他也该喜欢。我讨厌的，他也应该讨厌。

一旦这个做法不得逞，对方"教而不善"，我们不禁满肚委屈，觉得自己的好意被辜负了。假使我不在乎你，我才不管呢！我是为你好，如果你是别人，我才不理你！

问题是：我们自己的价值和喜好又是否真的高出一筹呢？

我们也许忘了，当我们怀念一个人的时候，怀念的并不是他的价值和喜好，而是他让我成为我自己。

忘了为何忘了

你的记性好吗？童年时，我常常被称赞是个记性很好的孩子。我很会背书，而且背得很快，当时我以为这是优点，后来才发现，我只是填鸭式教育里一只记性不错的小鸭子。

长大之后，遇到很多记性很好的人，他们看书过目不忘，我自愧不如。奇怪的是，这些拥有超强记性的，都是男人。女人的记性是否比不上男人？我的朋友说：

"因为女人总是记着一些不应该记着的事情，比如记着男人的不好。"

所有记忆都是有选择性的。有一年，我和两个很久没见面的小学同学吃饭，大家兴高采烈地回味当年的事情。虽然我们三个当时很要好，常常一起玩，可是，我们的记忆竟然完全不一样，即使是同一件事情，也有三个不同的版本，每个人也一直相信自己的那个版本。

记性有时是很吊诡的。你会记着一些不值得记着的事情，忘了一些自以为不会忘记的事情。

我忘记了许多年前我曾经到过菲律宾旅行，当时住在哪里，吃过些什么，我全都忘了。这些年来，很多事情我也忘了，不复记忆。

原来，人只是拥抱着时间洗涤不去的记忆。爱也好，恨也好，不会全部留着。我们记得一些，忘了一些，忘了为何忘了，也害怕会忘了不想忘记的、最璀璨的、深爱过的记忆，更不想对方比我先忘记。

离不开的背景

在时装店买衣服的时候，碰到一位朋友，他是很有名的美术指导，帮我拍过一辑照片。难得见到他，我当然不会放过机会，要他替我拣几件他认为好看的衣服。他拿起一件黑色的羊毛大衣，说：

"这个很适合你。"

那件大衣，我其实见过，并不觉得有什么特别。可是，经他的手指点一点，就像点石成金一样，那件大衣忽然变得很漂亮。我马上穿在身上，真的很好看，可是已经没有我的尺码。买不到的时候，这件大衣变得尤其迷人，我很懊悔自己没有早一点把它买下来。

人是不是都是这样？放在身边的东西，从来没有察觉它的好处，一旦失去了，才知道自己错过了些什么。

买不到一件大衣，不过是一桩小事。有时候，我们错过的是一段感情。

起初的时候，大家患得患失。热恋的时候，我们可以为对方做任何事，许下一些自己都不敢相信的伟大承诺。可是，有一天，一切便习以为常，再没有激情和惊喜，没有进步，也没有新的发现。

曾经以为是天长地久的爱，最后却成了生活的背景。我们在这个背景里生活起居，它成了四面熟悉的墙，是生活里不可或缺的一切。然而，我们不再拥抱它。没人会拥抱四面墙，但是，也没人舍得离开早已习惯了的生活背景。

永不永不
说再见

Chapter

02

永不永不痛苦

在情爱的世界里，
也从来没有相同的痛苦和相同的快乐。
上帝既仁慈也残忍。
痛苦和快乐，都会随着岁月变得愈来愈轻盈，
不像从前那么重要了。

不可能爱你

最难过的事情，是你很想爱一个人，却不可能爱她。

你知道，代价太大了。

你可以不在乎自己失去一些什么，却不能不在乎她所失去的。

当她失去了现在拥有的幸福，你能够给她同样的幸福吗？

当她失去将来的生活保障，你能够保障她以后的生活吗？

你自信比她现在的男人好吗？

爱一个人，原来不是盲目的。相反，你会很理智地为她着想，也想想自己能为她做些什么。

她现在活得很好，一旦你向她示爱，她承受得住吗？

你不怕她不爱你，只怕你自己爱她不够深。假如她投奔了你，而你又让她失望，她会怨恨你。

你本来是个很潇洒的人，碰到了她，却潇洒不起来。你本来是个不顾一切的人，遇上了她，你却犹豫起来。你竟变得愈来愈婆妈，愈来愈没有勇气。

爱情是有所谓不可能的吗？

在你的字典里，本来没有"不可能"这三个字。认真地爱过之后，你才顿悟，有些爱，的确是不可能的。

你可能已经遇上了

　　人生最幸福的事，是有一个可以为你做任何事的男人。

　　我不需要知道过程，我只需要结果。我不必说："我要你这样这样……"我只会说："我想要这个结果，可以吗？"

　　听到我这样说，他便会把事情办好。

　　当我想不到解决办法的时候，我只好刁蛮地说："我不理！总之我不要现在这样。"

　　他好像会法术似的，又把我无法解决的事情解决了。

　　当我不想做某件事，我只消对他说：

　　"我就是不喜欢！"

　　那么，他也有办法让我不用去做一些我不喜欢的事。

　　当我不想去见一个人而我又必须要去见，他会替我做心理辅导，让我能够欢天喜地地去见那个人。

　　我的腿累了，不想再走路。他会体贴地说："好吧，好吧，我们回去。"

　　当我遇到解决不了的问题，他却可以轻松地把问题解决。

　　无论我需要什么，他都会给我。

　　世上有这个男人吗？你和我都在寻觅。这个男人一点也不难找，你可能已经遇上了，然而，你偏偏不爱他。

得寸进尺的你

人总是得寸进尺的。分手之后，你哀求他跟你见面，你说："我只是想见见你，没有别的要求。"他答应了。你告诉自己，他愿意再见我，我已经满足了。

见过一次之后，你又希望有第二次。第一次见面的时候这么愉快，为什么不见第二次呢？于是，又有了第三次和第四次。

你做梦也没想过你们还可以做朋友。他看来仍然是那么关心你。这个时候，你但愿这种关系继续下去就好了。你不敢奢望他回到你身边，你只是希望能够再见他。

你开始常常打电话给他。想念他的时候，你又找借口听听他的声音。你已经不满足于一个简单的问候或者一顿普通的晚饭。

一天，你拉着他的手，搂着他，就好像他仍然是你的男朋友。你说："我想你抱我。"他抱了你，但你并不会就这样满足。

既然他肯抱你，为什么不吻你呢？既然吻了你，为什么不可以再和你睡一次呢？你告诉自己，你只是渴望和他再睡一次，一次就够了。但你怎会这样就死心呢？这一次，你要他回来你身边。然而，他说："我们已经不可以像从前那样了。"一直以来，都是你得寸进尺，一厢情愿。

把"我爱你"拿走

一个女人对那个苦恋着她的男人说：

"如果你尝试把你爱我的'想法'拿走，你便会发觉你并不是真的爱我。这只是你自己的偏见，这些偏见使你以为自己是爱我的。"

爱一个人，真的只是一种"想法"吗？

对一个人的爱，是可以"拿走"的吗？

也许，当你不爱一个人，你才能够潇洒地跟他说："你只要拿走你爱我的想法，你便没事了！"

如果我们可以随心所欲地把自己对某人的爱拿走，那太幸福了。当你不爱我，我便把我爱你的感觉拿走。当你令我痛苦，我又把你拿走。当你离开我，我又立刻把对你的思念拿走。这样的话，你永远没法伤害我。

当我们苦恋着一个人的时候，你以为我不希望那只是一个"想法"吗？你以为我不想把对他的爱从心里"拿走"吗？拿得走的，便不是爱。

就是因为拿不走，所以才会受苦。

我对你的爱，不是一种想法，而是血肉感情，是不容易拿走的。一旦要拿走，也是血肉模糊的。要很久很久之后才可以复原。

你也可以说，我对你的爱只是一个偏见。偏见便是执着，是毫无理由，不分青红皂白的。我就是喜欢你。你可以拿走我这个人，但你拿不走我对你的感情。

你会变渺小

时间可以改变一段感情，工作环境当然也能够改变一个人。

我们都很担心自己所爱的那个人忽然要换一份工作和面对一个新环境。对方从前的一切，我们都很熟悉。他有哪些同事、他的上司是怎样的、他的日常工作会接触一些什么人，我们也大致清楚。一旦他换了一份新的工作，你会担心他会遇到一些投缘的异性。那个人近水楼台，又了解他的工作，说不定会把他抢走。

这种担心不是多余的。然而，即使担心，我们又有什么办法呢？难道永远不让他换工作吗？难道要阻挠他发展吗？

女人去到一个新环境时，改变往往比男人更大。从前，她以为他是最棒的，他是她的一切。当她来到一个新的环境，她的眼界一下子扩大了。这个时候，他的地位最危险了。跟她的新天地相比，他忽然变得不再重要。

她长大了。她认为自己能够找到一个比他更好的。

一个新环境，摧毁了一段旧爱情。

不要害怕，因为你根本没有办法防范。你爱着的那个人，始终会长大。当她长大了，你便会变渺小。

愈来愈轻盈

同一个人，不会给你两次相同程度的痛苦。

他第一次离开你的时候，你伤心得要自杀。然而，当他第二次、第三次要离开你的时候，你会伤心，但不会再自杀了。

他第一次向你说谎的时候，你很难过。当他一次又一次向你说谎，你发觉自己没有第一次那么难过了。

他第一次伤害你的时候，你哭得很厉害。后来，当他再伤害你的时候，你甚至不会流泪。

他第一次让你失望的时候，你的世界好像忽然变成灰色的了。当他不断地让你失望，你开始没有什么感觉了。

他第一次背叛你的时候，你的心都碎了。当他第二次、第三次背叛你的时候，那种心痛已经没有第一次那么痛了。

一个人可以给你许多痛苦，但没有一次会是相同的。

在法庭上，一个人不能因同一个罪名而被入罪两次。在情爱的世界里，也从来没有相同的痛苦和相同的快乐。上帝既仁慈也残忍。痛苦和快乐，都会随着岁月变得愈来愈轻盈，不像从前那么重要了。

你是我的高音谱号

女孩子伤心地说：

"他说我是他的高音谱号，我在他心中，是占着最高位置的；现在，他却放弃我，回到女朋友身边。"

高音谱号，是很高很高的。在爱情里，没有"高处不胜寒"。我们努力在对方心中爬到最高的位置，在那里赖着不走。

爬不到最高位置的爱情，是不完美的。

哪个位置才是最高的呢？我们用以衡量的第一个标准是：他从来没有这么爱过一个人。高音谱号只能有一个，最好便是一生中只有这一个。

无论我们合唱的那一支是《欢乐颂》，还是哀歌，我希望我是唯一的。

我们用以衡量的第二个标准是：高音谱号必须感觉到自己被溺爱。既然是最高位置，理所当然享受最好的爱。

最好的爱是被自己所爱的人溺爱着。

对孩子的溺爱会害了他，对情人的溺爱却会让他觉得幸福。我们溺爱一个人的时候，总想把最好的东西给他，总希望看到他快乐，也总是微笑着纵容他。

我们不要相爱，我们只要互相溺爱，甚至溺爱到无可救药的地步，这样才配称得上是一个高音谱号。

失败者的尾巴

在《皇冠》杂志读到一篇旅游作家张国立写的西班牙游记，很有趣。

作者在西班牙塞维利亚一家餐厅吃当地著名的炖牛尾，那根牛尾鲜嫩无比，作者奋勇地把它吃得精光。然后，服务生用有限的英语告诉他，这家餐厅所卖的牛尾，都是斗牛场上失败者的尾巴！

失败者的尾巴不知道是什么滋味的呢？我总是觉得，世上所有的失败者，在失败的那一刻，都是拖着一条长长的尾巴的，动物如此，已经进化的人类，也是如此。

你试过失败吗？我试过了。失败的感觉或许比失败本身更让人难过。我本来没有尾巴，可是，失败的当儿，我觉得自己好像忽然长出了一条尾巴，沉重而且垂地。

我拖着那条长长的尾巴，在昏黄的街灯下，步履蹒跚。

失败的时候，我们总是垂头丧气。假如有机会看到自己的背影，也会惊讶那个背影是多么地颓唐。

颓唐的时候，尾巴就走出来了，我们又退化成为原始人，拖着尾巴回去自己的洞穴躲起来。

尾巴是弱者的眼泪，苍蝇也斗胆在它上面盘旋。我们都是这样走过失败的瞬间，然后，重新振作，绝不再让那条懦弱的尾巴露出来。

钟形曲线

统计学里，有所谓"钟形曲线"，放眼这个世界，什么分布都是正常的。弗兰克·哈伊勒著的《急诊室的瞬间》[1]一书里，作者提到他的统计学教授曾经告诉他，如果你从河床捡起石头来称，会发现有的很轻，有的很重，但大多数都在中间。

制成图表一看，就能得到一张正态分布图，也就是钟形曲线。

在这个世界上，每一条河，河床里的石头称重后，都能出现一张钟形曲线。除此之外，树木的叶子，鸟飞行的速度，也可以用同一种曲线来描述。

自然界的一切，也可以用这个角度去看，我们的生命，何尝不是如此？

每个人追求的曲线也许都不同。男人追求不断向上的曲线，女人追求玲珑浮凸的曲线，而我们真正得到的曲线，却是一个美丽的钟形。

得和失，成和败，快乐和痛苦，得意与沮丧，是会平均分布的。

你觉得自己今天拥有许多，只是你忘了，你同时也失去

---

[1] 《急诊室的瞬间》：即美国作家 Frank Huyler 的 The Blood of Strangers: Stories from Emergency Medicine。

了一些东西。

　　爱情里的快乐，往往是用相等的痛苦换回来的。

　　一天，回首来时路，你发觉你走的，不是一条直路，也不是一条崎岖的路，而是钟形的路，无所谓得失、成败，也无所谓爱和恨，一切都有它的定律，最终是打成平手的。

当你不喜欢

曾经有一个人对我说："当你不喜欢，我便是错的。"

那一刻，无限的感动。

忘记了大家为什么争吵。同一个问题，纠缠了很久。他认为自己没错，我认为我受伤害了。最后，他举手投降，说了那样的一句话。

我没办法再生气下去，并且说：

"好的，当我不喜欢，你便是错的，以后都是这样呀！"

他说："我只是说这件事！"

我任性地说："不，所有事情都是这样。"

他唯有就范。

我并不相信他以后也会这样，男人为了平息干戈，才会欣然就范。干戈过去之后，他又会坚持己见。唯一的分别，是我以后可以用他说过的这句话提醒他。

甜言蜜语，我们一生里听得太多了，麻木了。你以为我们会深信不疑，一往情深吗？不是的，我们只是把搜集得来的甜言蜜语留待吵架时用。一些男人会说："我哪儿有这样说过？"另一些男人说："是吗？好的，是我不好，不吵了。"

甜言蜜语，都是盲目的。要有彻底的盲目，才会有彻底的幸福。

至高至低，形影相随

有时候，我们会希望自己的境界高一点。

我们能够为了正义而放弃一些利益。

我们为了追寻自我而选择一条比较寂寞的路。

我们能够为原则而坚持不让步。

我们追求知识，不管那套知识是否有实际的好处。

我们也追求心灵的富裕，我们渴望自己能够不重视金钱。

我们渴望洒脱，随时可以抛开一切，远走高飞。

爱一个人的时候，我们也爱得很大方。我不会给他任何束缚，我不会企图去占有，不会妒忌。我能够接受他爱别人，我甚至不需要拥有他。

境界这样高的话，一定很了不起。

可惜，人在太高境界和太低境界里，是没法待得太久的。

境界太高，那已经不像人了，我们早晚会支持不住，宁愿变回一个境界低的人。

可是，境界太低的时候，我们又会看不起自己。这样活着，不是太没意思吗？

我们总是在高与低之间挣扎。至高与至低，形影相随，才是血肉之躯。

当我境界低的时候，不要对我太苛求，我和你一样，只是个凡人。

A 到 Z 之间，是很广阔的

常常收到一些女孩子的来信。她们在信上说：A 君这样这样……B 君这样这样……到底 A 君好还是 B 君好？我该选择哪一个？

我最想跟她们说的是：

两个都不要。

真的是两个都不好嘛。A 君不是什么人才，B 君也不见得有出息。英文有二十六个字母。A 到 Z 之间那么广阔，为什么不把目光放远一点，而要在 A 和 B 之间烦恼？

有些来信说：A 爱我，但不务正业，有时还会动手打我。B 很在乎我，但他好赌，要我为他借高利贷。我应该选择哪一个？

把两个坏苹果放在一起，要选一个没那么坏的，真是自欺欺人。为什么不买一个橙子？

没有男人是不会死的，不如一心一意等待 C、D、E、F 君的出现吧。

A 那么差劲，B 又那么糟糕，你就不要再为有两个男人同时喜欢你而骄傲了。这不是荣誉，这是羞辱。为什么你没资格得到更好的？

只有 A 和 B 两个选择，是很可悲的吧？

爱情料理——番茄红衫鱼

今天教大家做一道"失恋红衫鱼烩番茄"。

材料：
失恋红衫鱼一条 往事只能回味番茄四只
流泪的洋葱一只 无情姜四片
负心蒜头一粒

调味料：
苦酒满杯 哭泣胡椒粉一茶匙
生不如死痉挛生抽一茶匙 断肠上汤一杯
曾经甜蜜的砂糖一茶匙

制法：
先往菜市场买一条失恋红衫鱼。它非常容易辨认，这种
鱼两眼翻白、口吐白沫、神情呆滞、度日如年。鱼买回家后，
使劲将鱼摔在砧板上数遍，确定它已失去对人世间任何事物
的感觉，然后将鱼剖开，挖走早已破碎的心，用毛巾吸干鱼
身泪水，用哭泣胡椒粉腌二十分钟备用。

往事只能回味番茄每个切成四份备用。流泪的洋葱去衣
备用。将负心蒜头当作负心人，用刀背将之拍扁。无情姜两
片切丝备用。

　　烧红镬加油烧沸，放入无情姜两片，把鱼放入煎成金黄色，盛起候用。原镬再烧红，爆香负心蒜头，将流泪的洋葱略炒，加入往事只能回味番茄兜匀。将红衫鱼放回镬内，苦酒满杯，倒下断肠上汤及调味料，煮五分钟后上碟。

　　此味家常小菜适宜世间痴情男女享用，多吃能补充体力，再战江湖。

要喝减肥可乐吗?

女人常常问:

"应该选一个他爱我多于我爱他的男人,还是选一个我爱他多于他爱我的男人?听说前者比较幸福。"

这种问题像不像嗜喝可乐又怕胖的人,内心在挣扎,要不要喝一瓶减肥可乐来代替可乐。

减肥可乐难喝死了,根本就不能算是可乐。我从没听过有人说:"我很喜欢喝减肥可乐,它的味道真好。"我只听人说过:"怕胖,只好喝这个。"

这个替代品只是我们无可奈何而又受不住诱惑之下的选择。谁会觉得它好味道?

因为不能喝可乐,只能喝一口减肥可乐,回忆可乐的味道。喝不到的可乐,味道太棒了,益发使人讨厌手上的一瓶减肥可乐。

有些人宁愿喝白开水也不喝减肥可乐。

有些人不理那么多,坚持喝可乐。

有些人虽然不喜欢减肥可乐,仍然选择它,用来自己骗自己。

选择一个他爱你多于你爱他的男人,不过是要了瓶减肥可乐,有总比没有好。

选择一个你爱他多于他爱你的男人,何尝不是要了一瓶减肥可乐?难喝死了,但谁叫你戒不掉可乐?

你真的要喝减肥可乐吗?

你不懂得爱自己

有人问：

"如果你喜欢一个人，那个人却不喜欢你，那怎么办？"

这种情形从来没有发生在我身上，因为我根本就不会喜欢一个不喜欢我的人。我不能够忍受被人拒绝。

他不喜欢我，我为什么要喜欢他呢？我才不会自讨苦吃。喜欢便是喜欢，不喜欢的话，是没法勉强的，我更不会等待。等待一个不喜欢我的人改变心意，不如用来等待我心爱的人。

我从来不看那些教人怎样使别人喜欢自己的书。近年，科学家发现每个人身上都会分泌一种独特的费洛蒙[1]，人们互相吸引，正是被这种独特的气味吸引。你的费洛蒙没有俘虏他，那不是你的错，也跟你的外表和智慧没有关系。他爱上的那个人，也许绝对比不上你，但他们的费洛蒙相投，那有什么办法呢？

为一个不喜欢你的人流泪，那样值得吗？如果他是有苦衷的，是有什么理由不能跟我在一起的，那我还可以接受。然而，他根本不爱我，那么，这个人是不值得的。

他不爱我，我也不爱他，这样最公平。如果你真的没办法不去爱一个不爱你的人，那是因为你还不懂得爱自己。

---

[1] 费洛蒙：信息素，也称作外激素。

你想我知道的

除非大家都是对方的初恋情人，否则，我们都会有过去。

年少时候，我们会问：

"你谈过几次恋爱？"

"你曾经有过多少女朋友？"

"你和多少个女人睡过？"

"你和她为什么会分手？她是不是你最爱的？"

年纪大了一点，恋爱经验也丰富了一点之后，我们不会再那样问了。

我甚至不一定要知道。

他喜欢说的话，我当然想听。我怎会不想知道呢？但我不会寻根究底。

他说多少，我便听多少。他会一点一点地告诉我。当他忽然停下来不再说下去，我也不会去追问。

一天，提起大家的旧情。若他说：

"我的事你都知道了。"

我会微笑着说："你想我知道的，我都知道了。"

是的，你想我知道多少，我便知道多少。我不想你知道的，我也不会说。

我爱的是现在的你，为什么要逼你说过去？那就等于逼你说谎。你的旧情人太好了，我会妒忌。我宁愿不知道。那样我才能相信，你最爱的永远是我。

沉默的等待

当你感觉你所爱的那个人在背叛你，你也许仍然会假装不知道。

假装不知道，是逃避，是自欺，也是等待。

暂时保持沉默，事情也许会变好。那就给他一个机会，也给自己一个借口。

沉默，也许是可怜的，希望他被你的沉默感动。你不可能不知道，你只是不去揭破，因为你舍不得离开。

我们沉默地等待，等待对方觉悟和珍惜。直到发觉对方不会觉悟和珍惜，我们才没有办法自欺下去。

不要以为你所爱的那个人什么也不知道，不要把他想得太愚蠢，他只是伤心地等待，等待你抉择。

一旦说了出来，彼此也没余地了。

一些作为第三者的女孩子说：

"他女朋友怎么可能不知道呢？她为什么还要容忍他？"

谁说她不知道呢？她只是在等待。假若承认自己是知道的，那便没有借口忍受。她总要给自己一个幻想，也给自己一个台阶下吧？

不用等待的人，是幸福的。他们怎会理解等待的彷徨和难过？

到别处爬起来

很佩服某些人的毅力，他们说：

"在哪里跌倒，就要在哪里爬起来。"

在哪里跌倒，还要在哪里再爬起来，岂不是加倍困难？

我说，在这里跌倒，就赶快到别处爬起来。

兴致勃勃搞一门生意，结果一败涂地，为什么还要跟自己作对，强撑下去？搞另一门生意好了，这一门生意也许不适合你。

参加短跑，跑来跑去也不过是第三名、第四名，永远有人比你跑得快，那为什么还要死赖着参加短跑呢？去跑长跑好了，说不定你的天分是跑长跑。

老板不赏识你，何必付出双倍努力来博取他的好感呢？无论你做什么，他都不会喜欢你的那一套，与其希望守得云开见月明，倒不如另觅明主。

在某个地方被人羞辱，何必硬要在他们面前爬起来？让人看到你拼命爬起来，也是很难堪的，倒不如到别处爬起来，再向他们示威。

这个男人对你不好，何必偏偏跟命运斗气，硬要感动他呢？赶快到别处去，或许有一个比他好十倍的男人。

说"在哪里跌倒，就要在哪里爬起来"的人太傻了，在哪里跌倒，到别处爬起来，实际得多。

高尚与堕落

一个女人深夜来问：

"我是不是很堕落？为了刺激他，我故意跟另一个男人要好，可是他一点也不妒忌。"

是不是他妒忌的话，这个女人就不算堕落？

恋爱的目的高尚，手段却堕落，男人对一个女人说："你是我的女神！"女神多么高尚！但当这个男人不再爱这个女人，她便由女神变成女奴。

爱情可以令一个原本高尚的人堕落，也可以令一个堕落的人变得高尚。

曾经也有一个女孩子深夜跑来说："我觉得自己很高级呀，因为那么多女人喜欢他，但他只喜欢我。"

这个女孩子曾经很堕落，天天都在找男人，晚上到不同的男人家里留宿，她自己做梦也想不到有一个男人会把她从深渊中救赎出来。

因为被爱，她变得高尚。

谁不曾为爱情堕落过，尤其是年轻的时候？

如果要依赖另一个人来决定自己是高尚抑或堕落，那么他不过仍然停留在怀春阶段。

谁有权说我们高尚或堕落？那是我们自己。

是否被爱就高尚，不被人爱就堕落？

二十五岁以后，应该明白，自爱就高尚，不自爱就堕落。

爱情空杯

李小龙说，杯的作用是用来盛水，一只杯如果盛满了水，多余的水便会洒出来，所以杯应该是空的。这番理论好像很玄，李小龙的意思是学武之人应该像一只空杯，才可以不断吸收。

功夫如是，爱情也如是。

爱情该是一只空杯或只盛半杯水，如果满满一杯，便不能再吸收爱。

爱情该是饥渴和贪婪的，不断需求、毫不知足，像学武的人，追求至高境界。

有男人埋怨说："我自问对她很好，可她还是觉得我不够好。"

她觉得不够好是应该的，那代表她这一只杯还没有盛满水，她对这个男人还是有要求，渴望从他身上得到更多爱。因为爱他，才会对他有要求。

女人对男人说："你不要再这么爱我——"

她的意思不是说够了，她的杯还没有盛满水，她是想男人继续这么爱她。如果不对情人的关爱贪婪，那便不是爱情。

当这一只杯满了，便不能再接受更多的爱，爱是有容乃大，有欲则刚。

苦酒才需要满杯，够苦了，再多的苦，也不能再伤害我们。而爱情的杯，最好永远不会填满。

讨厌……但是为什么？

我讨厌你大男子主义，凡事爱批评，个性又固执，吵架的时候总是不肯让让我，发脾气的时候好凶，又不肯听人家的意见，但是为什么行雷闪电的时候，我还是希望你在我身旁？

我讨厌你粗心大意，从来不送礼物给我，讨厌你自以为是，也讨厌你有烦恼的时候宁愿自己躲起来，但是为什么午夜梦回的时候我还是想起你？

我讨厌你不肯长大，讨厌你常常忘记重要的日子，讨厌你不愿意承诺，更讨厌你宁愿陪朋友也不陪我，但是为什么深夜做噩梦的时候，我还是希望你在我身边紧紧地抱着我？

我讨厌你花心，讨厌你常常爱上别的女孩子，讨厌你看准了我不会离开你，讨厌你说的跟做的是两回事，更讨厌你一次又一次让我伤心，但是为什么我还是希望每天醒来看到你睡在我身旁？

我讨厌你不长进，讨厌你没有想过我们的将来，讨厌你不肯跟我回家见我爸爸妈妈，更讨厌你不肯跟我结婚，但是为什么疲倦的时候我还是需要你的肩膀？

我讨厌你不肯忘记以前的女朋友，讨厌你说你不够爱我，讨厌你不带我见你的朋友，但是为什么伤心的时候我还是希望在你怀里哭泣？

我讨厌自己那么爱你，但是为什么……

幸福就是报复

我喜欢看女人复仇的故事，这类故事通常都很精彩、曲折和凄美。然而，我不喜欢写复仇的故事。

用自己一辈子的幸福和青春来报复上一段爱情，实在不划算。多么痛恨一个男人，我也不会向他报复。

我的幸福就是对他最大的报复。

与其花时间去向一个坏男人报复，倒不如花时间去找一个好男人。找到一个好男人，就是对一个坏男人最好的报复。

找不到好男人也不要紧，你活得好好的，你出人头地，也是对他最好的报复。

他看到你现在这么成功，一定会后悔当初看不起你，以为你只是个普通女人。

他看到你现在生活比他富裕，一定会后悔当初没有好好对你。

他看到你愈来愈漂亮，一定会后悔当初不要你。

他看到你现在这么潇洒快乐，一定会很自卑。

他是啥东西？他根本配不起你。他值得你花一辈子的光阴去报复吗？

报复计划失败，有一个输家，那就是你自己。报复计划成功，则有两个输家——你和他。

我的幸福就是对你最精彩、最残忍的报复。

永无止境的爱

一位男性朋友问了我一个很俗套的问题：

"你喜欢你爱对方多一点，还是对方爱你多一点？"

我也很俗套地回答：

"最好是相爱。如果不能够，那我当然会选择后者。"

他很快便下了结论，说：

"女人都是这样的啊！"

我说："不是每个女人都是这样的！"

起码，我认识一个女人不是这样。她喜欢爱对方多一点。她很享受去爱别人，她认为这是一种很精彩的感觉。要是对方爱她多一点，她反而不高兴。

可是，这么"伟大"的她，最长的一段恋爱也不超过一年零六个月，都是对方离她而去。是否我也可以因此而下结论，说：

"男人都喜欢自己爱对方多一点。"

在这些事情上，根本没有男女之别。谁爱谁多一点，要看你遇上什么人。

我那位朋友相信爱对方多一点的那个人主导一段感情。她就是喜欢担当主导的角色。既然她是爱得较深的那一位，她也有权随时不爱。

我认为被爱才是主导。他爱我超过我爱他，我便等于主导了他的喜怒哀乐。无论什么事情，没那么在乎的，往往是

最后的胜利者。

　　只是，爱情从来就不论胜负，它是一个过程而已，无所谓得失。

　　如果不能相爱，我喜欢被宠爱和纵容。在永不可挽回的无常里，我渴望有一个男人会永无止境地爱我。

无情是清明

爱情是一种动力,它会令你积极工作。

爱情是一种成长。恋爱的时候,你更了解自己。失恋的挫败也会令你长大和成熟。

爱情是一种上进。如果你爱上一个出色的人,你能够吸收他的智慧。然而,爱情也是一种阻力。有些人不断恋爱却没有成长。有些人因为失恋而一蹶不振。有些人错爱了一个糟糕的人,跟对方一起下沉。有些人忙着恋爱,无心工作。许多的人,在恋爱的时候会变蠢。

当你尝过最轰轰烈烈和最深刻的爱情,然后不再那么相信爱情的时候,或许会是你最聪明和清醒的时刻。

从没有谈过恋爱的话,除非你是个天才,否则,人生的阅历总是有一点不足,有一点遗憾。没有进入过爱情,又怎样参透? 没有参透的机会,便没有领悟。

爱情并不是人生终极的理想,然而,它是我们迈向终极理想的其中一个途径。

我们透过爱情去明白自己到底想要些什么。

爱情并不是至上和至高,它只是至难得和至难圆满而已。

当你领略情爱的荒凉,当你了解爱情有时候是一种桎梏,当你明白真正的爱情只有一次的时候,你会变得无情。当你无情,便是最清明。

跟时间漫舞

　　有时候很佩服一些人，二十岁的时候，他是愤怒青年；四十岁的时候，他是愤怒中年；六十岁的时候，他是愤怒老年。他一生从不成长，从不改变。

　　一个四岁的小孩追蝴蝶，你觉得他很天真。一个四十岁的人还追蝴蝶，那便很可怕了。人生不同的阶段，所追求的东西也不一样。

　　有人说，人生的追求是个金字塔，从最基本的温暖、安全、爱，最后到自我实现。

　　也有人说，是由绚烂归于平淡，或者由混乱到澄明。

　　你现在追求的，跟你十岁或二十岁时追求的，绝对不会相同。相同的话，便没有意义了。你今天所追求的，和你十年或二十年后追求的，也不会一样。即使看起来是同样的东西，内容也有分别。你二十岁的时候所追求的爱情，跟你三十岁的时候所向往的爱情，怎会完全一样？你二十岁时所以为的永恒，跟你三十岁的时候所领悟的永恒，也许有了遥远的距离。

　　我们像蛇，不断蜕皮。但蛇还是蛇。我们都在不变和变化之间寻求一种更漂亮的和谐。有些东西永远不会改变，有些东西却无法不改变。如果你对情爱和永恒的看法从来没有改变，那么，你的人生未免太单调了。

印度语中的 nama rupa，意思是只有名字和形式改变，除此之外，真相如故。

每样东西是永存的，能量不灭。这样的永恒多么诗意。活着就跟时间漫舞，千帆过尽，青春来了又去，追求的东西有所不同，人生才显得丰饶。

最大的落差

生活中最大的落差，也许便是理想与现实之间的落差。我们期待的是一回事，现实往往又是另一回事。你期待某人，你得到的也许是另一个人。你期待恋人为你做某事，他却没有做。你收到的礼物并不是你期待的。你期待别人了解你，可惜他们通常都误解。你期待这一次旅行逍遥快活，旅途上却遇到很多问题。你期待努力有回报，可回报却没你想象的多。你期待别人的赞美，却偏偏没有人赞美你。

你期待可以有一番作为，可惜，机遇没有偏爱你。

生活里的大小事情，总不会与期待中的一样，有时会喜出望外，有时却不免失望。

现实中的自己，好像老是比不上我们所期待的自己。也许是因为我们对自己要求太高或误解太多。

身边的恋人又好像总是不了解我们的期待。有时候，你想他会说几句安慰的话，他却不懂。有时候，你以为他知道你在想些什么，原来，他根本猜不透。

我们所拥抱的生活也不一定是我们期待的生活。某一天，你终于了悟，所有的期待，都是比现实高一线的，掉下来的机会也就比较大。

然而，正因为有期待，也有落差，生活才变得有追求。

二十八岁和三十岁

除了曾经想过二十八岁时要结婚和三十岁时要离开一个男人之外，我从没想过到了某个年纪要做到某件事情。

我大学还没毕业已经买了房子，当时我有一份正职和两份兼职。我从来没想过在那个年纪，我可以拥有自己的房子，虽然它的面积小得可怜。

我没想过什么时候要到欧洲旅行，什么时候银行要有一笔可观的存款，也没想过什么时候退休。

我在二十八岁和三十岁时想做的事，后来都没做成。第一件事没有做成，因为我看重婚姻，不会为了好奇而结婚，当时也没有一个我值得与之长相厮守的男人。第二件事没有做成，是因为舍不得。

我们有许多计划和美好的蓝图，却忘了我们无法把机遇排除在命运之外。有目标是好的，但我不会再以年纪作为达到某个目标的死线。

或许我终于如愿以偿，在二十八岁的时候结婚，但谁能保证我不会在三十岁的时候离婚呢？

你想在三十岁时离开那个男人，也许他却在你二十九岁时首先离开你。我们大可以浪掷梦想，但也要接受梦想破灭的失落。有些人机关算尽，还是算不过机遇。

我喜欢回顾自己某个年纪的时候做了什么事情，而不是预测未来。我喜欢对命运采取积极不干预的政策。

自己的一厢情愿

　　许多人都难免有一厢情愿的时候。他自己一厢情愿，却以为你也会心甘情愿。

　　有些人是这样的：明知道你会拒绝，明知道你不会帮忙，他还是来问一句，然后被你拒绝。你不禁怀疑，难道他忘记自己以前有多么可恶和讨厌吗？任何正常人都不会自讨没趣的，为什么他会？

　　唯一的理由，也许就是他一厢情愿地以为自己还是很有分量的、很可爱的，你其实一直也在等他开口，想跟他讲和。

　　除了一厢情愿，真的不可能有更笨的理由。

　　两相情愿的事情，我们都能感觉得到，也看得出来，中间没有任何幻想和自欺。一厢情愿却是模糊的，有太多我们自己的想法，不是那么容易看到真相的。

　　有些人会一厢情愿地以为某人喜欢他。即使那个人否认，甚至生气，他也不以为然。这种一厢情愿有个好处，就是不会有什么痛苦，因为他本人享受着被别人喜欢的快乐。第二种一厢情愿可凄凉得多了。爱过了，但爱已消逝，自己却仍然一厢情愿地以为对方还是舍不得他，始终有天会回来。

　　第三种一厢情愿，也是最浪漫的。即使已经分开许多年了，也各有各的生活，她仍然相信，旧情人会一辈子怀念她。她是他一生的至爱。

　　我们不免会取笑或同情别人的一厢情愿，但是，我们自己是否也有过一厢情愿的想法而不自知？

一种调情

曾经有人说，女人最擅长的是爱和报复。星座则说，天蝎座的报复心最重。我是女的，又是天蝎座，照理来说，报复心应该非常厉害。可是，我不喜欢报复。报复既浪费时间，又只会令自己不快乐。

复仇的那一刻，也许很兴奋。然而，那又代表什么？报仇雪恨之后，人们也不见得可以从此快快乐乐地生活下去。

我也不是没想过报复的。有些人的确令人讨厌。你从没开罪他，而他竟然会伤害你、攻击你和暗算你。受苦的那一刻，真想狠狠报复。只是，我始终想不出一个报复的好方法。往往在过了一段日子之后，我已经对那个人毫无感觉。我为什么要把自己和他一起放在天平上？他是谁？有什么资格成为我的对手？他连成为我手下败将的条件都没有。

假使我把人生用于报复，我会瞧不起自己。花时间去报复，原因只有一个：就是他的人生没有更有意义的事情可以做。

我没写过关于报复的故事，因为我不擅长。我去报复的话，肯定会半途而废。只要读一遍《基督山伯爵》，就更不会向往报复。报复只是重温自己的痛苦。

我只肯对我喜欢的人做出小小的报复。你不理我吗？我自己去逛街好了，还要打扮得花枝招展，让你担心一下。你向我发脾气，我会对你很好，让你内疚，然后才不理你。报复有时候是一种调情。爱是幸福的，报复却是孤单的，我不希望我擅长的是后者。

相信美好

我不相信风水命理，或者说，不是不相信，而是有选择地相信。人家说我好的，我便相信，不好的，便不相信。

住的房子，只要自己觉得舒服就好了，不必看风水。假使算命先生说得对，我现在应该不在这个世界上，但是，我不是活得好端端的吗？好的，我会记着一辈子，不好的，顶多几天便忘记。人家跟我说什么犯太岁、生肖之类的，我会点点头微笑，表示我懂了，但我不会做任何事情。

我尊重别人的信仰，但我也有自己的信仰——我信仰美好的东西。

美好的东西不一定只有谎话，谎言有时是会令人痛苦的。我喜欢真实的美好。

别人对我好，我就相信吧，反正他没要求什么。

有一个人那么爱我，我当然更愿意相信。每一段爱情，也难免有怀疑的时刻，不是怀疑他爱不爱你，而是怀疑他有多么爱你。我永远都会相信，对方是很爱我的，我是他一生的至爱。不管真相是否如此，能够如此相信已经很美好。

即使分开了，我会相信，我也许不是他最漂亮、最好的一个女朋友，但我应该是一个最有趣、最特别的女朋友。这样相信的时候，就等于为自己打气。我相信自己会有好运气，不是算命先生告诉我，是我喜欢这样相信。我相信我会有很美好的前景，唯有这样相信，生活才有动力。

我不算自己的命，我只相信生活中美好的时刻。

我们都是公主

　　每个女人多多少少都是公主，分别只是她是落难公主还是快乐公主。

　　即使是落难公主，也会有一套自我安慰的话。她会说，她只是被坏人所害，或者认为这是上天给她的一个考验，只要熬过了，就会有一位王子来拯救她。从此以后，她恢复高贵的身份，快快乐乐地生活下去。

　　快乐公主就简单得多了。机遇总是眷顾她，她常常被宠着爱着，生活里纵有不如意的时刻，幸福最后还是会降临。她的路总是比别人顺利，她遇到的男人都迁就她、疼她，这个世界好像是绕着她而转的。

　　女孩子小时候无不渴望被选中在学校的歌舞剧里饰演纯洁漂亮的公主，我们是这样被调教出来的。你看那些童话故事和漂亮的公主裙便知道。有些人像我，虽然觉得巫婆其实更有性格，但是，谁说那并不是因为知道自己不会被选中扮演公主，所以就说喜欢巫婆呢？谁知道巫婆不也是落难公主，正因为落难，所以忌恨。

　　这样被调教出来的女孩子有喜也有悲，那会成为一辈子的公主情结。公主都有点浮夸的虚荣，女人一生起码有一段日子很在意外表，追逐化妆品、时装、首饰，以及所有能令她美丽的魔法。

　　公主都以为会有一个王子来爱她。

　　公主都相信自己是漂亮的。

　　公主都依照自己的想法而活，她是为自己而活的。

　　这种公主情结，会在一生中无数的时刻冒出来。即使她老去了，她也还是一位老去的公主。

那里有幸福

我们忘记得最快的，不是自己所犯的错，而是昨天做的那个梦。

梦醒的一刻，记忆犹新。这个梦是那样奇特，我们以为自己会记住，然而，走下床不久，几乎就忘得一干二净。当我们清楚记忆一个梦的时候，我怀疑有多少细节是我们后来加上去的。那不是一个真正的梦，而是我们希望做的梦。

梦往往就是生活的对比。我们在现实生活里永不可及的事情，会在梦里出现。从小到大，我常常梦见自己飞行。我不知道是因为我无可能飞翔，还是有别的意思。我很少向人透露我的梦，那是一个人最私密的心事。

儿时和年少的时候，我常常做白日梦。一个人坐着便已经可以梦想许多事情，甚至以为这些事情有一天会成真。今天，我还是会做白日梦，但是已经比以前少了很多，也明白它们通常不会变成真实。这些梦只是一个爱写作的人无可救药的职业病。

曾经写过一个小说，女孩子以前的男朋友小时候有梦游症，两个人分手后的漫长日子里，一直希望自己也能患上梦游症，那是对他的不舍和怀念。终于有一天，她梦游了。当她试过梦游的经验，她忽然明白，她的守候业已完成。她终于可以忘记他了。任何由我们放弃的东西，都会保留在梦里。离开的人会在梦中重临，所有的遗憾会在梦里圆满。

我喜欢做梦，那里有幸福。

你爱哪一样?

曾经有人问我:

"你喜欢痛苦还是快乐?"

当时,我说:"不是每个人都追求快乐的吗?"

他说:"不是的。"

人有两极,我们追寻快乐,也追寻痛苦,如同我们恐惧生活,也恐惧死亡。

人害怕被人抛弃,因此需要倚赖另一人,却因此对独立自主的生活和自我实现感到恐惧。人也害怕在亲密关系中被另一个人完全吞没,失去了自我,无法再过独立的生活。

快乐和痛苦都有它的吸引力。有时太快乐了,便会失去创造力。我们都有这种经验:在一个长假期之后,原本应该精神焕发地再次投入工作。可是,我们却会变得有点懒洋洋,仿佛仍在度假。

然而,人在最痛苦的时刻却也有可能创作出最好的作品,了悟一些重要的道理。

人在焦虑之中,会不断求变。安逸的生活,或许会消磨壮志。

每一段爱情,也有痛苦和快乐,这才让人回味。每一个人生,也不可能尽得快乐。

这样子的安全

有人说，建立一段感情不容易，摧毁一段感情却很容易。有时候，一年的折磨便可以毁掉一段十年的感情。

可是，我们有时却会有意无意地去摧毁一段感情。

你真的这么爱我吗？当我对你很差劲，当我变得面目可憎，你也会觉得我可爱吗？

我们会为了一些很小的事情吵得天翻地覆，你说：

"是你小事化大！"

也许是的，你会爱一个小事化大的我吗？

我会无缘无故地讨厌你，不想你在我身边。你说：

"你不够爱我。"

我只是想知道你爱我有多深，怎样才会离我而去。

有时候，我会说，我需要的是你的缺席，而不是你的在场。你不能理解，你问：

"当你爱一个人，你不是想见到他的吗？"

不是的，缺席使思念悠长。我想有自己的生活，也想要你。

"是你叫我走的。"你说。

我叫你走，只是想知道你会不会真的走。

你说："你做的事令我心碎。"

心碎之后，你还是像过去一样爱我吗？

有时，我会摧毁你，摧毁自己，也摧毁眼前的幸福，当我设法摧毁这一切而又失败的时候，我才能够相信你是爱我的。

上一分钟的甜蜜

这一分钟的眼泪，往往会破坏上一分钟的甜蜜。

上一分钟，明明是好端端的，有说有笑。不知是谁首先说错了一句话，或者说话的语气重了一点，所有的甜蜜便忽然一扫而空，换来一张冷面孔或两行泪水。

伤心的时候，我们不禁怀疑，这个男人到底是干什么的？他上一分钟不是对我深情款款的吗？他上一分钟的上一分钟，还说爱我呢！下一分钟，竟然就向我发脾气。

一千四百四十分钟之前，他不是说过会努力对我好，让我开心的吗？才过了一千四百四十分钟就打回原形了。

于是，女人得到一个结论：

男人都没有什么分别。

他可以上一分钟对你千依百顺，这一分钟说你很烦。

他可以上一分钟说你聪明可爱，这一分钟说你自以为是。

几百万分钟之后，他也许已经不爱你了。

正常的时间是一分一秒地过去，恋人的时间却是在多一分的爱或少一分的爱之中过去的。

上一分钟，你觉得他比平日爱你，你也比往常更爱他。下一分钟，他对你的爱少了三分，你对他的爱少了七分。

我们总想留住这一分钟的欢愉。一瞬间，下一分钟的争吵却把上一分钟的情意破坏了。

争吵的时候，女人脸上那两行激动或委屈的泪水，并不是为男人而流的，而是为消逝了的上一分钟。

日月星宿也连成一线

巴西作家保罗·科埃略的寓言小说《牧羊少年奇幻之旅》里，一个牧羊少年追随着一个再三出现的梦境，经历了一段奇幻之旅。故事之中，老人对少年说："当你真心渴望某样东西时，整个宇宙都会联合起来帮助你完成。"

你相信吗？我们多么愿意相信人间有这种美事？

宇宙不会帮助你不劳而获，它只是给你提示和象征，路还是要你自己走的。

当一个人愿意聆听自己的内心，跟随自己的梦，时刻留意生命里出现的种种征兆，便有机会愿望成真。

生命会在某个时刻召唤我们，或者是透过梦境，或者是一本书、一部电影、一句箴言、一首歌，甚至是一次意外。是否聆听，选择在我们。

你曾否真心渴望某些事情？当你真心渴望恋爱，机会便会出现。我是这样相信的。如果机会还没出现，只是你没有留意身边的一切，或者是你还不肯放下另一个人。当你真心渴望变漂亮，你不一定会变成天仙，但肯定会比原本漂亮。你当然不能够什么也不做，美丽是需要努力的，除了勤加保养之外，也要追求心灵的进步，更不要摧残自己。

我们或许都需要偶尔安静下来，聆听自己灵魂的声音，时刻准备响应生命的召唤。

当你真心渴望某样东西时，日月星宿也会连成一线来帮助你完成。这样相信的话，人生会美丽一些。

绝望是好的

朋友说，他正准备写一个关于打劫银行的小说，故事将会很荒谬。

"为什么不写爱情故事？我想看你写爱情故事啊！"我说。

"我都不相信爱情了！怎么写爱情小说？爱情是绝望的。"他说。

"很好！你现在正适合写爱情小说。"我说。

我们都知道，许多一流的笑匠私底下是个很严肃，甚至有点乏味的人。他们也许不觉得人生有趣。正是这种人，能演出最好笑的喜剧。

某某名导演，怕血，也怕黑。可是，她拍的鬼片却令人不寒而栗。她拍的动作场面，可以非常血腥暴力。难道她是捂着自己双眼拍出来的吗？

绝望并非全然是一件坏事。绝望的时刻，也许会有最深沉的洞见。一个人对爱情绝望，那么，他必然有过一段伤心往事。一个好的作家，他所写的爱情，不单单是爱情，而是人生。爱欲是一种动力，结合我们过去的历史，也把我们推向将来。每个人终将一死，如果我们永远不死，我们还会热情地相爱吗？

命运并非指偶然降临在我们身上的不幸厄运，而是对于人类生命有限性的接纳和肯定，承认作为一个人的限制。在这种种限制里做抉择，便是自由。我们有自由去爱，也有感到无望的自由。唯有爱情，始于如此的兴奋，又终于如此的失败。绝望的人，或许是看得透彻的。

某种程度

许多东西，都只能达到某种程度。

财富只能累积到某种程度。当你有一千万，要将之变成三千万，或许不难。然而，当你拥有一千亿，要将之变成三千亿，便没那么容易。

经济发展，只能发展到某种程度。一个城市的发展，也只能发展到某种程度。想要超越某种程度，除非是延伸到其他领域去。钱赚得够多了，你会追求自我实现。荣誉赢得差不多了，你会思考人生其他价值。大部分的东西都有期限。而所谓无限，也只能到某种程度。

为一个人受苦，只能受苦到某种程度。然后，你会醒悟，不再蹉跎岁月。思念一个人，只能思念到某种程度。当思念长久地落空，你早晚会绝望。无论多么爱一个人，也只能爱到某种程度。我天天虐打你，你还会爱我吗？

当恋人说："我不知道我爱你有多深。"只是他还没达到那种程度罢了。

儿女情长，只是某种程度，若不能一起延伸到其他领域去，是会退步的。

别人问："你相信有永远的爱吗？"如果是形体上的永远相依，我不相信。

永远，只能去到某种程度。相爱的时候，我们互相影响会伴随一辈子，也是一种永远吧。

当你知道什么都只能达到某种程度，你便不会太奢求。

幸福的领悟

人在不同的年纪，对幸福也有不同的定义。

小时候，一杯香蕉船已经代表幸福。长大之后，我们对幸福有更多的要求。被自己爱的人所爱，是幸福；被他宠坏则更幸福。

能做自己喜欢的事是幸福。做自己喜欢的事，而且非常成功，更以此赢得荣誉和生活，那就更幸福。

容易满足，是另一种幸福。

还会流泪，是幸福。

还有追寻，是幸福。

拥有希望和梦想，是幸福。

无求，是幸福。

自由，是幸福。

儿时，幸福是一件实物；长大之后，幸福是一种状态。

然后有一天，我们才发现，幸福既不是实物，也不是状态。幸福是一种领悟。

我们曾经以为的幸福、我们曾经死命保住的幸福，原来都不再是幸福。

如果我的心灵没有领悟，幸福也永远不会升华。

幸福是灵魂的觉醒，我们的心澄明清澈。

总是有遗憾

遗憾是你不可以尽情去爱一个人。当你可以的时候，已经没有机会了。

遗憾是回忆里的日子比现实美好。

遗憾不是没有一个对你一往情深的人，而是同时有两个。

遗憾是无法对你所爱的人全然坦白。

遗憾是你无法像从前那么爱一个人。

遗憾是你很想结婚，但不知道应该跟谁结婚。

遗憾是你发现你最想寻找的已经不是爱情，而是自我。

遗憾是无法跟分手的情人做最好的朋友。

遗憾是你觉得自己仍然很年轻，可惜你的身份证不是这样显示。

遗憾是你已经太老了才肯相信情人的承诺。

遗憾是爱情永远是患得患失的时候最甜蜜。

遗憾是你发现人生还是简单一点好；不过，你通常会在变得很复杂的时候才顿悟这个道理。

遗憾不是你想欺骗自己所爱的人，而是你想欺骗自己。

遗憾是你发现爱情不是人生的全部。可是，你仍然会用全部的人生去追寻。

遗憾是你跟你所爱的人愈走愈远——朝不同的方向。

遗憾是当你爱一个人的时候，你无法不去占有。

就是这一句了

　　有一句话，放在任何事情后面都行得通，像一个注脚，像一种喟叹，也像结论。生老病死、喜怒哀乐里面所有的细枝末节，以至最荒诞的事情，都可以用这一句话来作结。爱情里的一切，也用得上这一句。譬如说：

　　你爱上不该爱的人。

　　你爱的人不爱你，你不爱的人很爱你。

　　你和某人曾经爱得天崩地裂，最后还是分手收场。

　　你最爱的那个人伤害你至深。

　　你以为不能没有那个人，后来才知道有比他好的人。

　　你以为永不会再爱任何人，转瞬之间，你已疯狂爱上别人。

　　快乐不会永恒，痛苦也不会。

　　所有的喜剧，后面也可以用这一句话。

　　譬如说：你填了而没买的彩票，偏偏中了奖。

　　所有的偶然，也可以用这一句话来解释：

　　你样子最糟糕的那天，偏偏遇到旧情人。

　　所有的遗憾，都解释了这一句：

　　你无法永远拥有一样东西。

　　你无法跟两个人厮守终生。

　　是哪一句话？就是这　句了：这就是人生。

整理中

快乐会重来

有没有发觉，人生的万件事情，总是好像互相模仿？

你今天遇到的事情，从前好像已经遭遇过了，只是细枝末节有点不同罢了。

比如爱情的场景，多少年来，你爱的人不一样，但是，许多事情你从前也经历过。恋爱也不外乎那几个阶段。情侣调情，也不外乎那几个步骤。两个人吵架，也不外乎那几个理由。后来的分手，或者失恋，跟上次失恋也好像有很多微妙的相似。

朋友之间发生的事，像妒忌、疏远、绝交，也并不新鲜。你以前不也跟朋友发生过这些事情吗？只是，这一次，大家的角色对调了。似曾相识的，不单单是一些在我们生命里出现的人，还有我们的生活。

你曾经伤害一个爱你至深的人，某一天，你被你至爱的人深深伤害。这并不是什么报应，男女感情，无所谓对错，也无所谓天理循环。我们吃惊地以为眼前的一切是报应，这不过是人生。人生的万件事情，本来便会互相模仿。

爱情如是，生离死别也如是。

快乐如是，悲伤也如是。

做人有时很闷，因为发生的事太相似了。做人有时很有趣，因为相似，我们知道快乐会重来。

我不要善良

像我这种人，有时是很吃亏的，样子好像很恶，其实一点攻击力也没有。被人欺负的时候，也不懂得报仇，甚至没想过要报仇。

我有位朋友，他对朋友非常好，对仇人心狠手辣。他的嘴巴要多刻薄有多刻薄。你得罪了他，不会有好日子过，他是一辈子记仇的。

我多么渴望自己也有一张异常刻薄的嘴巴。刻薄有什么不好呢？可以用来奚落你讨厌的人。况且，拥有不代表要使用。我刻薄，但我只对某些人刻薄。我也多么渴望自己有仇必报。这样的话，没有人敢得罪我。可是，有仇必报，也得有几个条件：

一、你有财有势；

二、你不介意撕破脸；

三、你享受报仇；

四、你没有什么可以失去；

五、你是疯子。

除了第五个条件我不敢肯定之外，头四个条件我都没有。

从前有位朋友，个性很温婉，样子也很柔弱。然而，有一次，我看见她发脾气，一刹那之间，她由一只小白兔变成一只母老虎。从此以后，没有人敢欺负她。原来，在那温柔的外表底下，是异常凶悍的个性。

我多么渴望自己也能够这样，而不是现在这个样子。真的，善良有时是一种软弱。

你给我多少分?

世伯问他的女儿:"你给爸爸多少分?"

她答:"八十分。"

世伯十分欢喜,他一直以为他顶多只能得到六十五分,所以不敢问。忍不住问了,知道答案,喜出望外。

女人问男人:"作为一个太太,你给我多少分?"

男人说:"给你九十八分。"

男人问女人:"作为男朋友,你给我多少分?"

女人说:"九十九分。"

对于分数,我们不会十分慷慨,给对方满分。

并非不满意他,只是,人并没有十全十美,我给他满分,他反而不相信,认为我哄他而已。但我给他九十八分或九十九分,便可信得多。我扣起一分或两分,是表示我还有要求、我还有期望,请继续努力。

但,我从来没有问过一个人,你给我多少分。只怕不及格,又怕得不到满分,耿耿于怀,逼他把余下两分都给我,变成假的。

如果他给我满分,我才不相信,真是自寻烦恼。

爱和感情,都太复杂了,分数不足以显示成败。

代写说明书

　　网络上有代写情书服务，这是我最想做的一门生意，想不到给人捷足先登。

　　既然代写情书已有人做，我希望可以代写各类产品的说明书。平常买东西，尤其是电器，都有说明书，可是，那些说明书是世上最沉闷的文字，看看头两行，已经没心思看下去。

　　手上一份冰箱的说明书里竟然说："冰箱的作用是保存食物。"我的天，谁不知道，还用你说？

　　如果冰箱的说明书变成："午间弄一盘冰冻的蟹肉沙拉，放在第二格，把温度调节掣调校至五度，是最适中的温度，晚上，情人回来时，把沙拉从冰箱里拿出来喂他吃，室温会立刻提高。"这样是否比较有趣？

　　吸尘机的说明书，可否写成："宁化飞灰，不做浮尘，遇上这台强力吸尘机，浮尘也不好过。"

　　微波炉的说明书又可否写成："微波炉弄出来的食物虽然没有感情，但独居者不能缺少它，它和你一样寂寞，唯有相依为命。"

　　搅拌机的说明书也可以是："这部搅拌机的马达十分有力，除可以用来搅拌各种肉类和水果之外，对付不忠的丈夫也绝无问题，一经搅拌，将无法恢复原状，一切随风而逝。"

痴男怨女答问大会

今天要简答痴男怨女的几个问题。

问：我和男朋友外出时，他经常盯着那些样子漂亮、身材出众的女人，我应该怎样做？

答：他盯着样子漂亮、身材出众的男人，你才应该担心。

问：我男朋友为人粗鲁、不细心、喜欢说谎，又没有上进心，我应该怎样改变他？

答：尝试改变你自己择偶的品位。

问：我自问样子漂亮，身材出众，拥有大学学位，目前是一家大机构的高级行政人员，月收入超过五万元，又有自置房产，但为什么竟然没有好男人追求我？反而公司里那些小秘书和文员，外表平凡，却追求者众，我真的不甘心。

答：佐丹奴的赢利一定比 Joyce 时尚精品店多，巴士公司赚钱一定比出租车公司多。一间药材铺里，淮山、杞子、红枣、蜜枣的销量一定比燕窝的销量大。

问：我身边有一位男性朋友，他很喜欢我，但我不喜欢他，我应该怎么办？

答：写信来求助的，应该是他。

问：相识不久的男朋友游说我一起买楼，我应该答应吗？

答：如果是他出钱，那就没问题。

问：我失恋了，该怎么办？

答：赶快找第二个。

原来没什么

有些事情，本来以为会很高兴。到了那一刻，却没有很高兴。本来以为会很伤心，发生的时候，却又不是很伤心。

我拿过一些奖杯，没得到之前，以为到时候一定会很高兴。接到奖杯的时候，感觉却很平淡。

有人努力去储一笔钱，比如说是一百万吧。当他终于拥有一百万，原来并没有他预期的那么开心。

有人终于在自己喜欢的那一区买了房子，他一直梦想住在那里。可是，当他搬到新居的时候，他并没有特别兴奋。

当你拥有了梦想之车，说不定它带给你的麻烦比它给你的快乐更多。

你以为和某某一起生活将会很幸福。终于可以一起了，你才发觉日子没有你想象的那么美好。

伤心的时候，原来也没有你想象的那么可怕。

比如分手吧，你以为要是跟他分手将会很难受。当他提出分手的时候，你竟然没有你以为的那么难受。

你以为一个人生活很寂寞，可是，当你无可奈何要一个人生活的时候，你却适应得很快。

当我们以为自己会伤心得死去活来的时候，我们原来可以若无其事地上班、吃饭和睡觉，只是情绪有点低落。

人生的万样事情，毕竟与自己的想象和期待不一样。

走快了的手表

你有没有把手表调快一些的习惯？

有些人把手表调快了之后，便浑然忘记真正的时间，所以他往往比约定的时间早到。

有些人像我，却偏偏记得手表调快了，还有时间——

把手表调快，不过是自欺。匆忙之间，看看手表，惊觉时间过得这么快，心急如焚之际，才忽然记起，这是一块不准时的手表，它按着主人的意愿走快了若干分钟，刹那之际，柳暗花明，时间好像忽而停留了。

把时间留住的，原来不是一块停顿了的手表，而是一块走快了的手表。

它走快了五分钟，我们便有五分钟缓冲期。

它走快了十五分钟，我们便可以多耽搁十五分钟，一个女孩写信告诉我，她独自在澳洲庆祝生日，心里惦念着在香港那个对她若即若离的男人。她的手表仍然是香港时间，凌晨两点钟，她想，他可能已经睡了。她一直看着手表，直至天亮，感觉上好像和他在一起睡。

她的时间停留在一个不爱她的男人身上。

女人用以自欺的工具除了化妆品和丰胸内衣之外，原来还包括手表。

长醉不愿醒

男人年轻的时候喝酒，是为了逞强。

血气方刚，谁肯承认自己酒量浅？男人酒量浅，便是器量浅。没有千杯不醉的本事，如何行走江湖？武侠小说里的大侠，手里都拿着一壶酒。酒代表英雄气概，也代表豪气。男人如果喝一瓶酒便不省人事，如何保护女人，做其护花使者？

酒代表男人味。年轻男人，既不能输给时势、际遇、事业、财势，也不能输给酒。

于是，大伙儿在一起喝酒，每一个男人都声称自己"从来没遇过对手"。

"喝酒像喝水那样。"

"从三岁开始便用啤酒泡饭。"

"未学会走路已喝过白兰地。"

"在母亲肚里已经喝 XO。"

比赛开始，首要目的是把对方灌醉。于是各出奇谋，例如使用激将法，最沉不住气的那个，首先醉倒。比较狡猾的，偷偷把酒含在口里，伺机吐在湿毛巾上，兵不厌诈，老实忠厚的相继醉倒。

最后只剩下两个人，都已经站不稳了，仍然要坚持看见对方先倒下，自己才肯倒下。醉后的痛苦，是明天的事。

　　那时候，男人并不懂得欣赏酒。

　　当男人已经不年轻，也曾输给时势、际遇、爱情和命运，才懂得细细品尝手上的一杯酒。酒醉的痛苦太难受，何必跟自己过不去？

　　男人到了这个时候，才有智慧。

为失控而干杯

女人问男人："男人为什么会独个儿去酒吧喝酒？"

男人甲说："因为男人觉得累。"

男人乙说："因为男人很闷。"

男人丙说："男人独个儿去喝酒，就像女人瞒着男人去逛街购物一样。"

当女人知道男人独个儿上酒吧，她第一个反应总是："他为什么独个儿去那种地方？他是不是觉得跟我在一起很痛苦？"

然后，她开始担心，男人在那种地方会不会遇上一个有吸引力的女人？

女人虽然能够理解男人独个儿去喝酒的心情，却不能接受。

于是，有些女人想出了一个好方法，就是叫男人在家里喝酒，如果他喜欢的话，更可以邀请朋友来一起喝酒。男人在女人控制范围之内喝酒，女人才放心。

但是男人已经不是小孩子，给他一件玩具，就把他困在家里，他怎会开心？

他要的，不是一杯酒，而是独处的自由。

女人希望一切在她控制范围之内，男人何尝不是？

只是，终于有一天，男人悲哀地发现，他能够控制的事情只有很少很少。他多么强，也无法控制自己的生命。

男人去酒吧，只是为失控的人生干杯。他太可怜了，由他去吧。女人拿他的钱去购物好了。

十大酷刑

一、男朋友或丈夫变心。

二、跟美女做朋友。

跟她做朋友，便要常常跟她一起出现，旁人的目光都落在她身上，荣耀与赞美都归于她。好男人都只看上她。做她的朋友，自信心扫地，何苦来哉？

三、跟身材出众的女性朋友一起到沙滩。

道理与跟美女做朋友相同。与她一同晒日光浴，好色男人只会踏在你身上跟她搭讪。万一两个人同时遇溺，你获救的机会一定比她低。

四、被自命不凡的男人追求。

他们是推销员，见面不久便急急推销自己的财富、学历、智慧，提醒你这是你千载难逢的机会，不要自误。

五、在毫无征兆和心理准备之前，突然被对方抛弃。

六、看见喜欢的东西，没有钱买。

七、暗恋。

八、与话不投机的人共处。

九、知道他有第三者，还要强装大方。

十、碰到穿吊带裙的女人，她没有剃掉两撮浓密的腋毛。

十戒

一、戒不自量力。丑男追求美女，丑女追求美男，几率一向偏低，多数时间，会被讥为不自量力。你的伟大爱情也会受到侮辱。

二、戒丑人多作怪。貌丑是天生的，不用自责。愈丑的人，愈该打扮纯朴，减少脸上脂粉和身上饰物，千万别衣不称身，暴露身材缺点。

三、戒重友轻色。朋友骂你重色轻友，是她们暂时未有男色可重。如果你从善如流，重友轻色，轮到她们有男朋友时，她们会反过来重色轻友，你想见她们一面，谈何容易？而你的男朋友却早就跟你翻了脸。

四、戒迷恋。沉迷、痴迷、发疯地爱上一个并不爱你的人，结局肯定悲惨。

五、戒吝啬。看见漂亮的衣服，快点买。再过十年，你肯花更多钱，也未必穿得好看。

六、戒复仇。倒不如将精神花在新恋情上。

七、戒容忍。对付性骚扰者，绝不应手软。

八、戒寻根究底。有时候，知道得太多，会不快乐。

九、戒忧伤。忧伤的日子还有很多，快乐难求。

十、戒伟人。长年累月为一个男人牺牲、容忍第三者，甚至退出成全他们。这么伟大干吗？

十种快乐

一、相爱。要男人爱女人多出一点点，才算相爱。因为男人应该爱护女人，如果他付出的爱，跟女人付出的相同，就不够爱她。

二、婚姻美满。

三、在对方想跟你分手之前，你抢先向他提出分手。那么，在你的回忆里，你从来没有被人抛弃。

四、曾经背叛你、离弃你的男人，回来哀求你重拾旧欢，你冷冷地拒绝之。有什么比失败者获得胜利更甘美？

五、嫌你花钱太厉害的男人，离开你以后，娶了一个比你花钱花得更疯狂的女人。

六、富有。一项调查证明，有钱的男女，的确比没有钱的男女快乐。既然穷人富人都会不快乐，为什么不做富人？伤心的时候，喝两万元一瓶红酒麻醉自己，总胜过饮米酒。

七、不劳而获。

八、提早退休。最好拿着一笔钱，四十岁退休，环游世界。太清闲的话，就找些慈善事业来做。

九、酒逢知己。

十、乘搭中国民航[1]或台湾中华航空[2]，安全着陆。

---

[1] 中国民航：即中国民用航空局。

[2] 台湾中华航空：即台湾中华航空股份有限公司。

十种遗憾

一、不是跟自己最爱的人结婚。

二、找到最爱的人，却无法相处。原来相爱并非最难，相处才是最大的挑战。

三、找到喜欢的人，却已太迟。他已娶，她已嫁，或者他身边已有人。多么相爱，已是迟来的春天。

四、碰见令你动心的女人，可惜你的年纪已足以做她爷爷。

五、你正在犹豫不决，要不要向他提出分手，谁知道给他捷足先登，他首先向你提出分手。

他永远不会知道，是你首先想到不要他。即使你告诉他，他只会冷笑，认为你是死要面子罢了。

六、爱人结婚了。

七、他离开你，但选了一个条件比你差很多的女人。输给不及自己的人，怎能不伤心？他这个选择，实在令你面子过不去。

八、他离开你，选了一个条件比你高出很多的女人。宁愿他选一个条件比你差的女人好了。

九、你忍痛跟他分手，以为他会伤心很久，并且不容易找到一个爱他的女人。可是，不久之后，他却兴高采烈告诉你，他找到新女朋友了。而你，却还未有新欢。

十大骗案

一、爱情。来来去去，都是你骗我，我骗你。难得有人肯真心地骗你，因为他不想你伤心。更难得有人甘愿受骗，因为她不想失去你。最高境界，是彼此都不知道受骗。

二、精诚所至，金石为开。不！诚意不代表成功。她要是不爱你，你天天站在她家楼下，也是徒然。

三、一分耕耘，一分收获。对炒楼发达的人，完全是笑话，天方夜谭。

四、一切护肤品的效用。一夜之间恢复青春的配方？如果有，怎可能一千几百块钱便让你买得到？用了去皱纹膏，皱纹便会消失？若是真的话，那位化妆的小姐为什么仍然有鱼尾纹？

五、一切生发水的效用。不过是绝望者被抢掠。

六、一切减肥方法。聊胜于无。

七、所有参加选美的女孩子都说"朋友怂恿我参加"和"我不在乎名次"。

八、胸部第二度发育的女明星说："我没有隆胸，我健身。"

九、支出与收入不符的女明星告诉大家："我没有被人照顾，我会投资赚钱。"

十、人生。

永不永不
说再见

Chapter

03

永不永不孤单

我们穷一生的时光去寻觅自己所爱的人，

本来就是上帝赐予我们的天职。

在寻找的过程中，纵使有多少的失望和伤痛，

也同样有恩爱深情。

两个孤单的灵魂，合而为一。

爱情，就是自我复原的过程。

在苍茫人世上寻找那一半

《柏拉图对话录》中有一段著名的假设：原来的人都是两性人，自从上帝把人一劈为二，所有的这一半都在苍茫人世上寻找那一半。爱情，就是我们渴求着失去了的那一半自己。

假使我们不是从太初就被分隔开，我们怎能重新经历邂逅的欢愉？我们穷一生的时光去寻觅自己所爱的人，本来就是上帝赐予我们的天职。在寻找的过程中，纵使有多少的失望和伤痛，也同样有恩爱深情。两个孤单的灵魂，合而为一。爱情，就是自我复原的过程。

在还没有重遇那一半之前，我们心里的缺口在等待着，当我们终于遇上自己期盼的那个人了，心里的缺口也得以修补。从今以后，欢笑的时候，有人分享。流泪的瞬间，有人慰藉。寻常生活里，也有一个随时可以让我们歇息的怀抱。

我们本来是雌雄同体的，所以心意相通。

我们本来就是一个人，人是多么复杂的动物，我们有矛盾的时刻，也不要惊讶。

分隔了的灵魂，重新组合，当然难免要重新适应、怀疑，然后肯定。我们有时候会找错了那一半。然而，我知道，我的那一半早晚会出现。到时候，爱情会召唤我们。

我要一个什么样的男人？

我就是要我那一半。他修补了我身上和心上所有的缺口，我也修补了他的。流离失所的灵魂，终于回家了。

爱情，是自身的圆满。我不再缺少一些什么了。

旧的爱情，新的世纪

　　我们带着一段旧的爱情来到新的世纪。我们的爱情是不是也应该更新一下？

　　男人，不要再问：

　　"你会嫁给我吗？你会替我生孩子吗？"

　　我们都不稀罕婚姻。我爱你，嫁不嫁给你都是一样的。上一个世纪的时候，你们男人不是也常常说："我爱你，结不结婚有什么分别？"

　　我们也不要生孩子。我相信，很快很快的将来，女人并不需要通过怀孕才可以有自己的孩子。那个时候，我们可以生孩子，也可以保持身材。男人，你等那一天吧。

　　男人，我会让你继续说：

　　"我的工作压力很大！"

　　但你也要让我说："我也有压力！"

　　女人的工作压力也是很大的，但我不会用这个借口不理你。

　　男人，我们需要的不是一个"性斗士"，你用不着孔武有力，也用不着花样百出，你只要有正常的需要和正常的能力就行了。当我想"使用"你的能力时，我会诱惑你。当我只想要拥抱和接吻时，期望你也会谅解我。

　　男人，我们是携手从上一个世纪来到这个世纪的，天地茫茫，你不用说你永远爱我，你不要让我感到孤单就好了。

单身太好了

单身女人的好处其实很多。譬如：

你不用为任何人节食和减肥。

买了昂贵的衣服时，你不用向男朋友隐瞒真实的价钱。

跟其他男人调情时，你不会内疚。

回家晚了，你不用找借口跟男朋友解释。

你不用忍受他妈妈和他的姐姐妹妹，更不用忍受他和前妻所生的孩子。

你不用每星期去超级市场替他买大包小包的日用品、啤酒和方便面。

你不用替他缴管理费、电费和电话费。

睡觉的时候，你不用被他的鼾声吵醒。

你开车的时候，不会有一个人坐在你旁边批评你的驾驶技术。

你买了一个新皮包时，不会有一个人指着你的新皮包说："你前几天不是刚刚买了一个新的吗？"

你满心欢喜地穿上一袭新衣时，没有人会说："不好看！"

没有人会再向你重复又重复他的历史。

当你没有兴致时，不用为了满足他的需要而勉强自己跟他亲热。

单身多好！失恋的时候，请重复看一次本文。

感情的援助

假如有一个一向对你很冷漠的人忽然关心你，不必惊讶，他不是忏悔，也不是想跟你重新建立一段关系。他也许只是失意罢了。

失意的时候，我们都想找一些感情的援助。去哪里找这些援助呢？我忽然想起一个人。我一向不喜欢他，我们虽然认识，但是没有半点交情。不如，我现在就对他好一点吧。我可以帮他一个小忙。我也可以主动打电话跟他聊聊天。

这种行为并不理性。我忽然对一个人热情一点，对于我失意这回事，是完全没有帮助的。我遇到挫折，然后我去帮我不喜欢的人一个小忙。我帮他，并不可以让我没那么失意。但是，我还能够付出，我还有能力去对别人好一点，那或许可以证明我的价值。

是的，我还有能力做一点善事。我还可以去关心一下那个我向来不理会他的人。我不是要他们报答，我甚至并不需要他们喜欢我。我只是想找一些感情的援助。

当我的情绪好转，当我没那么失意，我可能又会忘记了他们。

我们活在世上，无法孤独一人。遇到小小的挫折和失意时，我们随便找个人出来，然后对他好一点，不过是治疗自己的失意。

请把我的男朋友还给我

有些女孩子是会这样的：

当她发现自己的男朋友爱上别的女人，她会背着他偷偷打电话给那个女人，在电话里哀求对方：

"请你离开我的男朋友吧！"

然后，她呜咽着说：

"我很爱他。我不能没有他。"

对方听到了，通常有两种反应。

第一种是内疚。

"好吧，我不会再见他。"对方说。

第二种是不为所动。

"他说他已经不爱你。"对方冷冷地说。

无论是哪一种反应，那个女人事后一定会告诉那个男人，你女朋友曾经打过电话来。有些男人会默不作声，因为他自己也不知道怎么办。有些男人会怒气冲冲地回家骂自己的女朋友。一个女孩告诉我，当她打完了那个电话，她男朋友跑来，骂她下贱。

她做错了什么呢？

是的，她做错了，或许，我会卑微到哀求一个男人留下来，那毕竟是我们两个人之间的事。但我绝对不肯哀求另一个女人把他还给我。她有什么权利把他还给我？

自由比他重要

人到了某个年纪，就会发现自由比爱情重要。

你曾经很渴望可以天天见到他，可是，当他天天都跟你一起的时候，你开始渴望拥有一些独处的时刻。

你曾经喜欢他向你报告行踪。然而，从某天开始，你觉得再没有这个必要了，因为你也不想向他报告行踪。

你从前总是等他放假一起去旅行。现在，你希望可以尝试自己一个人去旅行。只要你喜欢，拿起背包就可以上路，不需要向任何人交代。

你曾经希望他每天晚上回家吃饭。现在，他不回来吃饭，你反而有点如释重负。你不需要再做他喜欢吃的菜，你可以选择自己喜欢的。

你曾经希望认识他所有朋友，也希望他认识你所有朋友。现在，你觉得你们根本不需要认识对方的朋友，反正你们跟对方的朋友不一定合得来，那么，倒不如各有各的空间。

你曾经希望他带你回家见他父母，这样代表他爱你和尊重你。现在呢，你老大不愿意见他的父母。不和他的父母太亲近，你便不用每个星期天陪他们吃饭，节日也不用拜访他们，你更不用在他们面前扮演一个贤良淑德的角色。

这一刻，你才深深体会到小时念的"生命诚可贵，爱情价更高，若为自由故，两者皆可抛"是多么确切的人生阶段。

追求不自由

一个男人说，所有文学作品或流行作品的主题都是追求自由。即使是爱情故事，归根究底，也是追求自由。

爱情是追求自由吗？刚好相反，爱情是追求不自由。

有句话叫"不自由，毋宁死"。但在自杀的人之中，为情自杀的人数远多于为得不到自由而自杀的人。

自由可贵，我们用这最宝贵的东西换取爱情。

因为爱一个人，我们天天等待他的电话，等待和他约会，穿他喜爱的衣服，投其所好，甘愿为他而放弃其他异性。

这是不自由的第一步。

两人感情深了，我们甚至在事业和爱情之间做出取舍，放轻事业，不想爬到他头上。不做他不喜欢的事，吵架时，容忍他，但明白爱情总需要大家做出牺牲，要自由自在，便得不到深情。

这是不自由的第二步。

不自由的最后一步是结婚。

明知会失去自由，明知这是一生一世的合约，为了得到对方，为了令对方快乐，也甘愿做出承诺。

爱情从来都是一种束缚，追求爱情并不等于追求自由。

恋爱是一个追求不自由的过程，当你埋怨"太不自由了"，就是你不爱他的时候。

我骄傲，可是，我爱他

小时候，骄傲是一种罪。

小学一年级的时候，我拿到奖学金。那天，校长在台上颁发了一张奖状给我。那是我所经历的短暂人生里的第一张奖状，我很想把它保存得漂漂亮亮的拿回家去给爸爸妈妈看。如果把它卷起来或者放在书包里，是会把它弄皱的。于是，我小心翼翼地用双手把它捧着。下课的时候，给老师看见了。她批评我说：

"你太骄傲了！"

事隔那么多年，我还记得这件事。当时的我，并不是因为骄傲而这样做。可是，如果有值得骄傲的事情，我们为什么不可以骄傲呢？

美貌、身段、才华、智慧、学识，都是值得骄傲的。当你拥有这一切，为什么不能引以为自豪？为什么要隐藏？

青春有限，可以骄傲的时候，尽管骄傲吧。某一天，当你死心塌地爱上一个男人，你也许无法再骄傲。

一个骄傲的女人，在自己所爱的男人面前，还是不得不投降。

我是如此目空一切，却偏偏遇上他。于是，只好在其他人面前骄傲。

不感动的问题

男孩子说他正在追求一个女孩子。他很希望她答应做他的女朋友。男孩子想好了一连串的计划,例如烛光晚餐和戒指。

可是,女孩子始终不肯收下他的戒指。

她说,上一段感情让她对人失去了信心。他安慰她说:"那让我来弥补吧。"她说:"你的戒指还是送给别人比较好。"

男孩问我:"我还要花多少时间才可以感动她呢?"

这个问题本身,太不感动了。

假如你喜欢一个人,你根本不会计较要花多少时间才可以跟她一起。

已经花了的时间,你不会觉得浪费,也不会去计算值不值得。即将要花的时间,你也不在乎。

爱情不一定有回报,追求的过程,也许痛苦,也许快乐,最感人的爱,是那个男人跟你说:

"我会永远等你。"

虽然他或许做不到,但是,我们宁愿他这样说,也不喜欢他问:"我要等你到什么时候?"

这样问的话,我才不稀罕你的等待。要计算大概还要花多少时间在我身上的话,我劝你不要再花时间了,那是你负担不起的。

把开心和不开心留给自己

有一次，吃饭的时候因为一些不开心的事情而感触起来，一边吃饭一边流泪，要狼狈地用手绢去抹眼泪。身边的人说：

"开心和不开心，都应该留给自己。"

我不知道这一句话是安慰还是教训。也许，他是对的。

开心的时候，用不着向别人炫耀。

不开心的时候，也不要向人诉苦。

每个人都有自己的烦恼，假如还要承担别人的烦恼，那便很可怜了。

有谁没有烦恼呢？那天，跟朋友通电话，我有些事情觉得很烦，想听听别人的意见。他在办公室里，工作堆积如山，我说了几句之后，有些内疚。

"还是不要说了。"我说。

"你说吧，我在听。"他温柔地说。

最后，他给了我很宝贵的意见。

是的，每个人都有烦恼。然而，当我聆听别人的烦恼，而又能帮助对方解决一些问题时，我们本身的烦恼，好像又会减轻一些。

开心的时候，有人分享，才有意思。

不开心的时候，有人安慰，我们才有勇气去面对。

把开心和不开心都留给自己的人，理智，但孤独。我还是做不到。

我一个人也可以

恋爱的人也会觉得疲倦。疲倦的时候，我们会想：

"其实我一个人也可以呀！"

"我没有他也可以过日子！"

然后，我们觉得自己成熟了，潇洒了，而且能够忍受寂寞。

我们这样想，因为我们现在根本不是一个人生活。我们拥有爱情，所以才能够大方地说：

"我也可以没有爱情！"

我们被爱着，我们才有资格说：

"我不需要被爱！我自己爱自己也可以！"

我们不寂寞，我们才会得意地说：

"我不怕寂寞。"

当你没有爱情，你才不会说你不需要爱情。

被人爱着，也爱着别人，然后，偶然享受独处的时光，那才是最幸福的。

没有人爱，独处的时光不免有点遗憾。

谁不可以一个人过日子呢？然而，谁又会想一个人过日子呢？

我们自以为不需要别人，我们自以为对方爱自己多一点。一旦失去了，我们才知道：我一个人也可以，但我不想。

最初的爱情最客气

爱情开始的头六个月，你要好好珍惜。过了这六个月，当你们愈来愈亲密，愈来愈相爱，日常生活里，你们最晦气的嘴脸和最不客气的话都会毫无保留地表现出来。

开头那六个月，我们会把臭脾气和缺点藏起来，让对方看到自己最好的一面。我们说话会特别温柔。躁狂症也会变为开心果。大男人会化身成为小男人。大女人也会变身成为小女人。

过了这六个月，我们再也隐藏不住本性了。这个时候，我们认为应该让对方看到自己最真的一面，而不是最好的一面。

因为对你真，才不再虚伪。因为你已经是我的，大家也不要再客气了。

不客气的话包括：

"不要烦我！"

"我才不想再跟你说话！"

"闭嘴吧！你以为你自己什么都懂吗？"

板起脸孔或不瞅不睬，更是家常便饭。热恋时温柔而又充满耐性的你和他，已经永远消逝了。

每一段爱情，都会逐渐变成这样。最真的一面，往往不是最好的一面，只有最初的爱情是最客气的。

一个人的浪漫

爱情小说写得多了，每次到外地工作，总会有媒体问我："你觉得什么是浪漫？"

这个问题，的确难倒我。我是个想法浪漫，行动毫不浪漫的人。生命之中，也没有什么浪漫的回忆。我压根儿不相信浪漫。

年少的时候，以为浪漫是一个情景，是我与心爱的人一起做一件事情。后来又以为，浪漫是一种感觉，是跟爱我的人一起的感觉，做什么事并不重要。

今天，浪漫对我来说，是一个人的事。

浪漫不是一个场景，浪漫是一份深情的等待，无须对方应允。

加西亚·马尔克斯的《霍乱时期的爱情》一书里，阿里萨等了费尔明娜五十三年零十一个日日夜夜，从年轻等到白头，才能够成眷属。

米兰·昆德拉的《不能承受的生命之轻》一书里，托马斯为了特丽莎，毅然从瑞士苏黎世回到已被俄国占领的捷克布拉格，从此由一名医生变成抹窗工人，直至垂垂老矣，再提不起手术刀。为了所爱，他舍弃自由和荣誉。这两个故事，是我心底永恒的浪漫，可惜，它们都不过是小说。

浪漫是一份高贵的情操，你会因为我的快乐而快乐，你会等我直到永远，忘记了时间的流逝。当我告诉别人，这是我相信的浪漫，他们会说我天真。因此，我宁愿说，我不相信浪漫，只有至爱明白。

在天涯寻觅你

在杂志社里，听到我的女编辑凶巴巴地在电话里跟男朋友吵架：

"你去死吧！我不想再理你！"

她平常是很温柔的，没想到骂人这么厉害，过了几天，我取笑她：

"那天是不是骂你男朋友？他很可怜啊！"

她尴尬地说："我们也不是常常吵架的。"

"你一向都是这样骂男朋友的吗？"我问。

"不，以前那一个我是不骂的。"她说。

以前那一个，她爱他比较多。她很紧张他，会做许多事情去让他快乐。可是，她付出这么多，始终还是得不到同样的爱。

后来这一个，她爱他和他爱她一样多，他们大家都紧张对方。从前，她以为迁就一个男人便可以得到他的爱，今天，她宁愿要自我。

也许，所有的爱情，都是要经过这些阶段的。

你遇上一个人，你爱他多一点，那么，你始终会失去他。然后，你遇上另一个，他爱你多一点，那么，你早晚会离开他。直到有一天，你遇到一个人，你们彼此相爱。

终于你明白，所有的寻觅，也有一个过程。

从前在天涯，而今咫尺。

暗恋的职责是沉默

有人说，暗恋的职责是沉默。

沉默，因为我不知道怎么开口，怎么对你说。

沉默，因为我说不出自己有什么好处，而你的好处却有很多。

沉默，因为你身边有一个人，而且他对你很好。我不想破坏你的幸福。

沉默，因为我喜欢自虐。

沉默，因为我怕被你拒绝。我怕你说：

"你很好，可是……"

我的字典里，已经有太多"可是"，我怎么能够再承受一次？

沉默，是因为我们是好朋友，我怕从此失去一个知己，又得不到一个情人。

沉默，是我不想你以为我一直为你做那么多事情，是因为我暗恋你，而不是欣赏你的才干。

沉默，因为我不能向你保证些什么，我不能给你些什么。

沉默，因为我不想你知道表面上满不在乎的我，原来那么脆弱。

沉默，因为也许我不适合你，也许有其他人比我更能够照顾你。

沉默，因为有时候我会害怕当我们终于相恋，许多美丽的幻想也会随之破灭。

想念 A 的时候

想念着 A 的时候，你也许会打电话给 B。

找不到 B，便打给 C、D 或者 E，总之偏偏不打给 A。

跟 A 吵架之后，你打电话给 B、C、D、E、F、G，连多年不见的 H，你也硬着头皮打了一通电话给他。你就是不打给 A。

为什么 A 不打电话来？应该是他打电话来给你的，他不打电话来，你只好打电话给其他人。不停打电话找其他人，是为了阻止自己按捺不住首先打电话给他。

你跟电话那一头的 B，聊些不着边际的事情。他一边说，你一边想着其他事情。

当 C 拿起话筒，你明知故问地问他："你没有出去吗？"然后，又和他东拉西扯地谈了很久，直至大家想不到话题才挂线。

你跟 D 在电话里讨论最近发生的新闻。这个话题很快便说完了，只好说说大家的工作。最后，迫于无奈，说说朋友的是非。

挂上电话，你心里想念的，依然是 A。看看床边的钟，已经是深夜了，你庆幸挨过了今晚，没有按捺不住打电话给他。明天，也许他会打来。那个时候，你不会让他知道，你昨天多么寂寞。

我好怕……

我好怕会飞的蟑螂，可是，要失恋的话，我宁愿同时被三十只会飞的蟑螂袭击。

我好怕老鼠，可是，要失恋的话，我宁愿跟三只老鼠一起被锁在一个木箱子里。

我好怕猫，可是，要失恋的话，我宁愿跟一只大花猫绑在一起。

我好怕又大又凶的狗，可是，要失恋的话，我宁愿被一只又大又凶的狗监视着。

我好怕蜘蛛，可是，要失恋的话，我宁愿放一只蜘蛛在头发里。

我好怕壁虎，可是，要失恋的话，我宁愿让一只壁虎在我的脸上爬。

我好怕蜥蜴，可是，要失恋的话，我宁愿跟蜥蜴接吻。

我好怕吃蝎子，可是，要失恋的话，蝎子座的我，还是会一边哭一边吃蝎子的。

我好怕听到用刀和叉子在一只碟子上划出的声音，可是，要失恋的话，我会宁愿连续一小时忍受这种刺耳的声音。

我好怕失恋，可是，要失掉尊严的话，我宁愿失去你。

朋友的距离

最好的朋友，也许不在身边，而在远方。

他跟你，相隔十万八千里，身处不同的国家，各有各的生活，然而，你却会把最私密的事告诉他。

把心事告诉他，那是最安全的。因为，他也许从未见过你在信上所说的那些人，他绝对不会有一天闯进你的圈子。最重要的，是他远在他方，他即使知道得最多，仍然是最安全的。

许多年前，一个比我高一班的女孩子到美国求学，我们本来只是很普通的朋友，她到了美国之后，也许太寂寞吧，常给我写信，向来懒得写信的我，因为感动，也常写信给她。在信中，我们可以坦荡荡地把最私密的事告诉对方，寻求对方的意见，我们甚至无须在信上叮嘱对方，不要把这些事告诉任何人，她深深知道，我不会把她的事告诉我身边的人，她也不会。那些信件，是我们共享的秘密，我成为她最好的朋友。

在她留学的那三年里，我们只是通信而没有见面。然而，当她从美国回来，我们的友情却是三年前无法比拟的。

原来，最好的朋友，还是应该有距离。那段在地球上的遥远距离，正好把你们的距离拉近。

纯真的友谊

　　我一直都相信，男女之间，可以有一段很纯真的友谊。我最好的朋友都是男孩子。我们的爱，不是情爱，是友爱。我们大家都很清楚，我不适合做他的情人，他也不适合做我的情人。一旦做了情人，也许比不上现在这么好。

　　我们会互相关心，会祝福对方，会希望对方成功和快乐。当有人对他不好，我会为他抱不平。有人欺负我时，他会毫不犹豫地站在我这一边。

　　他创业的时候，需要我帮忙，我不会要任何报酬。我创业的时候，要他来帮忙，他也会毫不计较。

　　我们用不着经常见面，但是，感情永远都那么好。我永远无法牢记他的生日，他也弄不清楚哪天是我生日。然而，看到适合他用的东西，我会买给他。他买了一些很漂亮的贺卡，会把最漂亮的那张送给我。

　　当我沮丧的时候，他会开解我。当他失意的时候，我会鼓励他。他失恋的时候，我会听他诉苦。当我不了解男人的想法时，他会告诉我。

　　我们之间，也许曾经有过微妙的爱火，然而，爱火早已幻化成更长久和纯真的友谊。情人会离我而去，肝胆相照的朋友却是一辈子的。而你爱着的那个人，也许只能跟你做情人，永不可能跟你做朋友。

脆弱的交谊

我们在旅行时，往往很容易跟陌生人交朋友。

即使最孤独的人，也会在旅途上结识一个知己，结伴同游。

我们深深知道，这一种脆弱的交谊是短暂的，是没有后顾之忧的，是无须肝胆相照的。他不会出卖你，不可能伤害你，不会问你借钱，不会妒忌你，不会埋怨你的际遇比他好。

同是流落天涯，不过互相依傍，你来到一个陌生的地方，他也是，结伴同行，正好用来排遣旅途上的孤单。

或者，他住在这里，而你是来旅行的，你认识了他，得到照顾。他认识了你，沉闷的生活忽然有了情趣。他本来就没有朋友，能够照顾一个不久就会离开的人，让他觉得生命有了变化，他不过需要一个肯听他心声而又不会永远留下来的人。

我们在旅行团里结识朋友，最大的好处就是可以大家分担一些费用。飞机回到香港，一离开机场，已经肯定不会再见面。

我们在长途飞机上跟坐在旁边的陌生人滔滔不绝地交谈，好像相逢恨晚，其实也不过是打发时间，即使告诉他一些秘密，你也知道，他永远不可能把这些秘密传给你身边的人知道。

脆弱的交谊，竟是最安全的保障。

朋友，不要失意

当你受到伤害和攻击的时候，你的好朋友竟然没有一句慰问，没有片言只字的关心，也没有为你说几句公道话，你才发现，你在他心中，并不是一个重要的朋友。你并不怪他，可是，碍于自尊，你也不会再把他当作好朋友了。

当道理在你这一边，你的朋友为了私利，竟然不由分说把你痛骂一顿。你哭着问："你是我朋友吗？"换来的却只是冷冷的回答。你知道，这个人也不是你的好朋友。你用过去的友情原谅了他，但是，你们不会有以后，这是你的自尊。

朋友最基本的条件，便是要顾念对方的自尊。

有人鄙视锦上添花的朋友，只希望朋友都是可以雪中送炭的。

我不希望我的朋友雪中送炭。他们送炭，我岂不是要在风雪中？

我不希望有天拮据得要向朋友借钱。我不希望有天潦倒得需要接受朋友的照顾。我不希望躺在医院里，看看谁会来探望我，谁是真正关心我的。

我更不希望有天被人出卖和伤害，让我看清楚谁是我真正的朋友。

我希望活着的日子都是锦上添花。雪中送炭的那一天，永远不要来临。我已经尝过了风雪中的寒冷。

友情，由时间去考验好了，最好不要由自己的失意去考验。

说什么好呢？

最难的事，是安慰朋友。

朋友失意、失业、失去至亲，本来第一时间想打电话去安慰他，然而，说什么好呢？真的不知道怎样开口。

他从高峰跌下来，怎样安慰他好呢？打电话找他，怕他碍于自尊心不肯听电话。他肯听电话的话，又怕说错话触动他的伤心处。他失意，你总不能问他："以后有什么打算？"也不能说："小小苦楚等于激励。"更不能说："要不要我帮忙？"你以为你自己是上帝吗？

朋友失业，躲起来几个月不肯见人，你打电话给他，总不能说："近来做些什么？""近来怎样？""有没有工作做？"这些都是他的死穴。

愈不知道怎样开口，便愈拖延着，没有开口。拖延的时间愈长，安慰也就没用了。

迟来的安慰，他明白最好，他不明白，也许会认为你根本不关心。

我是关心的，然而，在朋友最悲痛的时刻，我突然觉得词穷。

安慰的话语来来去去不过是"节哀顺变""不要太伤心""别这样""不要太难过""不要哭"，用时方恨少。

我们拙于安慰别人，因为我们根本不希望有一天要别人来安慰。

我要我自己

我们在人生每个阶段都会转变。情意也会转变。一段感情里，往往会有三个转变：

"我要你。"

"我要一点空间。"

"我要我自己。"

热恋的时候，我要你，每天都想见你，我什么也不害怕，就怕失去你。

然后，我开始想要多一点私人空间。你不是不好，但是，见面太多，我会有点厌倦。天天都跟你一起，我有时会有窒息的感觉。

后来，我不但想要一点私人空间，我更想要多一点的自由和自我。我不用常常与你一起，我有我的朋友，我有我的工作和嗜好。其实，我可以没有你。

在"我要你"的那个阶段，我们是多么地狂烈，大家都以为不能没有对方。时光流转，我们都知道，我们是两个个体，那种亲密的感觉好像一去不回了。

感情的消逝，便是由"我要你"走到"我要我自己"，既然我要的是我自己，我们分开吧。然后，我或你又会找到一个自己想要的人。某天，我们又渴求一点空间。最后，我要我自己。如果我在这个转变之后太孤寂了，发觉你对我太重要了，我想，我还是会回头说：

"我要你。"

不要讨厌自己

有人问："你讨厌自己吗？"

我为什么要讨厌自己呢？我从来没有一刻讨厌自己。我曾经讨厌现实、讨厌身边的人、讨厌我爱过的人；可是，我不讨厌自己。

我可以避开我讨厌的人。然而，无论我多么讨厌自己，我每天还是会从镜子中看到自己，我还是要跟这个我长相厮守。那样的话，讨厌自己又有什么意思呢？倒不如努力去喜欢自己。

讨厌自己的话，什么事也做不成。若我不被人所爱，并不是我讨厌。若我没有成功，也不是我讨厌。一个惹人讨厌的人，是因为他做的事情太讨厌。

讨厌自己，是多么地悲凉！

那人说："没有讨厌过自己的人，是幸福的。"

她是讨厌过自己的吧？

我也有不喜欢自己的时候，但是，还不至于讨厌。永远不要因为别人对你所做的事而讨厌自己。

饭伴

吃饭的伴侣，比终身伴侣容易找到，但也要有以下几个条件。

舍得吃。

舍得吃比懂得吃重要，有些人会吃好东西，却舍不得花钱。别人付钱时，他才叫贵价菜，这种饭伴最要不得。舍得吃的人是可爱的饭伴，不斤斤计较，饭后不会叫大家 AA 制。

懂得吃。

懂得吃的饭伴是最好的吃饭导游，有他在，可以尝到各种新奇好味的东西。

能吃。

那些吃几口饭便喊饱的人绝不是好饭伴。好饭伴要能吃，令你也开怀大吃，你吃不下时，他还能够继续，你吃剩的，他也肯吃，不浪费食物。

注重个人卫生。

同台吃饭虽然不会传染艾滋病，但个人卫生也很重要，那些口沫横飞、啜筷子之后再夹饭、用自己啜过的筷子夹菜给别人、用鼻子去嗅你酒杯里的酒、用手拿饭给你、用台布抹嘴、用酒楼毛巾抹脸和对着饭菜咳嗽的人，绝对不要跟他同台吃饭。

风趣。

别信"食不言，寝不语"，吃饭时不作声的饭伴太沉闷，该找个风趣的人陪你吃饭。

猪仔钱包

那天到 S 家，看到她的书桌上有一个很别致的钱包，形状像一个猪仔包，是用来放零钱的。

"是一个曾经很要好的朋友送的。"S 说。

许多年前，S 在一间著名的皮具店里看到这个钱包，一看便喜欢，立刻买下来。冒失的她，几天之后，便把钱包丢了。她在电话里向好朋友 P 诉苦，说着说着，她觉得自己一事无成，经常弄丢东西，忍不住饮泣。过了几天，她发现信箱里有一个鸡皮纸袋，是给她的，她打开纸袋，发现一个簇新的钱包，跟她不见的那个一模一样，是 P 特地送给她的，里面还有一张字条，写着："不要再弄丢了。"

冒失的她，一个月之后，又把钱包丢了，她不敢告诉 P，觉得愧对她，于是自己掏腰包再买一个一模一样的，每次 P 看到她用这个钱包，都以为是自己送给她的那一个，看到她还没有丢失，心里很高兴。

可是，这些年来，她们的际遇相差很远，S 平步青云，又找到要好的男朋友，P 的事业和爱情皆失意。P 逐渐疏远 S，不再跟她联络。S 找到她，问她："到底发生了什么事？" P 苦涩地说："我们走的路并不一样，一事无成的原来是我。" S 欲语无言。

除了她爱过的男人之外，P是唯一一个女人，令她刻骨
铭心。当天打开信箱，摸到鸡皮纸袋里一个猪仔包形状的东西，
她便猜到是P送给她的，那一刻的感动，永难忘怀，可是，
正如P所说，她们走的路并不一样，人生真的很残酷，大部
分的友情也经不起际遇的考验。

愈吃愈寂寞

排遣寂寞，除了吃之外，还有什么更好的方法呢？

星期六晚上没有节目，一个人无聊地在家里看电视，不吃零食的话，长夜漫漫太孤清了。最好就是不停吃薯片、朱古力和牛肉干。

朋友本来约了你吃饭，却临时爽约，害你一个人回家。这么寂寞的晚上，最好就是到超级市场买一大堆东西回家吃。饱到不能动弹的时候，就趴在床上睡觉。

跟男朋友吵架，这个星期日要一个人度过。百无聊赖，只好不停吃芝士圈和冰激凌来泄愤。当他打电话来道歉，你才后悔自己吃得太多了。为什么他不早点打来？他害你胖了整整一公斤。

失恋的时候，食物就是最好的伴侣。只想不停地吃、吃、吃，用吃来疗伤。那段日子，真的不知道自己吃的东西是什么味道，只记得吃了许多薯片，然后用沾满薯碎的双手去抹眼泪，结果双眼痛得睁不开。只记得坐在床上一边哭一边不停地吃朱古力，要放纵自己来报复。只记得坐在厕盆上还是捧着一大盆冰激凌来吃，活像个疯子。

吃到这个地步，真的有点瞧不起自己。直到发现自己的屁股已经胖得比洗脸盆还要大，女人才惊觉是时候用另一种方法来排遣寂寞了。

醉后跌倒的微笑

西方人很容易便可以说"我爱你",他们可以爱一个人、一条狗、一双皮鞋或者一张床。我们的"爱",却千般艰难。

有时候,我们甚至不知道什么是爱。爱是一种感觉? 一种需要? 一种激情? 是思念还是欲望?

为什么我们非要爱某个人不可?

为什么当我们灰心、失意、沮丧的时候,却仍然渴望跟那个伤害我们的人一起?

爱是醉后跌倒犹挂着微笑? 抑或,爱是挂着微笑飞翔最后却惨然下坠?

爱存在于此刻,还是只存在于过去与将来?

爱是否从来都被高估了,而且总带着一点误解?

一天,女人跟男人说:"我要的不是一段关系。"

男人说:"那要看你怎样理解爱情。激情是会过去的,一切会归于平淡,平淡也就是细水长流。"

女人说:"你不了解女人。女人不仅想要一段关系,她也想要一种强烈的感情。"

爱情自然会成为一种关系,但是,关系并不等于爱情。激情是短暂的,强烈的感情却是悠长的。让两个人相依的,是那种埋在内心深处的强烈感情。你就是非爱这个人不可。你就是不会厌倦他。你就是看尽大千世界之后始终想念他的怀抱。你就是醉后跌倒犹想挂在他身上微笑,纵使笑得多么凄凉也无悔。谁又愿意仅仅满足于一种关系?

独居与离居

同心而离居的生活，一直是某些人向往的。一对彼此深爱的情侣，各有各的一个窝。想见面的时候，你来我家或者我来你家。想独处的时候，又有自己的空间。

同居的好处是两个人没有婚约的束缚，却过着夫妻一样的生活。早上起来，他就在你身边，你可以听得见他的鼾声，他也看惯了你头发乱糟糟的样子。约会之后，你们一起回家。星期天，会一起上超级市场买日用品。

有一个人睡在身边，你不再怕黑，也不害怕独居的不安全。寒冷的夜里，你们在被窝里互相取暖。

夜里，虽然人在外面，你知道有一个人在家里等你回去。回到家里，看见你深爱的人在酣睡，你明白什么叫温暖。你也明白，为什么那些在情路上碰得焦头烂额的人还是相信爱情。

同居使我们拥有彼此相依的感觉。

同居的坏处是你再没有私人空间，你再不能独占一个衣柜来放你的东西。你上厕所时，得把马桶垫圈放下来。他上厕所时，又得把马桶垫圈揭起来。你得忍受他上大号的气味，他也得忍受你的。他会把你还没看完的杂志拿到浴室里看，你会拿了他的剃须刀刮腿毛。

独居时，你也许得半夜爬起床回家去。独居的好处是否能抵消它的坏处，得要看你追求一些什么，是自我空间还是彼此相依？

这事永远没有完美。爱情是灵巧的，生活却粗糙得多。

假如擦肩而过

　　人的性格大抵上是不会改变的，然而，我们爱上一个怎样的人，就会受他影响，发生一种互动的关系。

　　某人激发我们的上进心，另一个人也许激发我们的虚荣心。某人激发我们的慷慨和仁慈，另一个人则激发我们的妒忌与欲望。某人对知识不舍的追求无疑令我们担心自己才学不足，而另一个人对现状的满足也许使我们放弃对梦想的追寻。某人宽大为怀，我们会为自己的自私而惭愧。一个醉生梦死的人会使我们相信享乐自有其超凡的价值。

　　要是换了一个处境，换了另一个互动的人，我们所关切的东西会微妙地转移到对方所关心的事情之上。

　　爱是专注力的移栖。在茫茫人海之中，有那么一个人，使你不得不把所有的专注力放在他身上，使他有别于芸芸众生。然后，这种专注力会慢慢移向这个人，就像离心力一样。

　　两个人专注力的移栖，变成两个天地的交集，无可避免地，我们会影响彼此。一些我们以为自己没有的个性，会日渐浮现。一些我们从未细想的东西突然变得新鲜和有趣。爱是一种互动的成长，比个人成长更精彩和灿烂。

　　在惊欢这种互动的成长时，我们禁不住会想：要是今生只能跟这个人擦肩而过，遇上的是另一个人，那么，我们自己又会变成一个怎样的人？我们此生所追寻的东西和我们所有的希望，是否都会有另一个样子？我们过的，会否是另一种人生？

恋爱的镜子

有位朋友，曾经跟我说过他最讨厌的就是在电话里聊天。

"浪费时间！"当时，他咬牙切齿地说。

后来，他爱上了一个女人。我亲眼看见他紧握着电话筒，好像跟那个电话筒接吻般，和电话那一头的女人，聊了两个钟头。我在旁边戏弄他，他还生气呢。

原来，当你爱上一个人，什么都可以改变。本来讨厌的事情变成喜欢，本来无聊的事情也变得有意思。恋爱不会改变一个人的性格，但是却改变了他对许多事情的观感。有个男人，在结束一段漫长的爱情之后慨叹："我为她改变太多了，变得连我自己都认不出自己来。"当你恋爱，又何必要认出自己来？

恋爱中的你，也许比原本可爱，何况，你总有一天会重新找到自己，你会发现，你从前认为没趣的事，原来都有点意思，你曾经以为自己一辈子都不会喜欢的东西，原来也不妨一试。你没有完全改变自己，你只是改变了看法。

能为另一个人改变是幸福的，你不是变成一个自己都讨厌的人，你只是变成一个你从没想过可以如此的人。假如一段恋爱无法改变那个人对人生的看法、对世事的观感，以至对自身的期望，那不过是一段很平凡的恋爱罢了。

我们从来不曾为某个人改变，我们只是遇上一个让我们更认识自己的人。所有我们爱过的人，都是我们自己的一面镜子。

会走路的包袱

我们爱用"包袱"来形容一些负担或负累。有人说孩子是个包袱，也有人说感情才是包袱，令人疲倦。一天，跟朋友闲聊，她说："谁又想成为别人的包袱？"

我很惭愧地在心里反驳说："我想！"

成为包袱，也没什么不好，只要有人肯背起来，无怨无悔就是了。

曾经有人对我说："你是我的包袱！"

那一刻，我觉得非常幸福。

也有人答应，即使无法在一起生活，他也不会离弃我。这一生里，只要我开口，他会照顾我。我问：

"你对其他人都是这样的吗？"

我是明知故问。他摇头叹息：

"我只肯背上你这个包袱。"

在漫长的岁月里，我总是很想相信这番话，却又不知道是不是真的。我希望我比现在年轻，会很容易就相信男人的承诺。可惜，在更年轻的时候，我并没有遇上这么深情的男人。迟来的诺言，也有一个好处，就是你不需要用太悠长的生命去等待它实现。如果对一个人的爱是一个包袱，那么，我们都会怀念那种压在肩头和心窝的重量。有了一种重量，我们才知道自己并不是踽踽独行。

起床一件事

人们起床后做的第一件事，往往就是他们幸福的指标。

许多年前，一个女人告诉我，她起床后的第一件事，是画眉。她的眉毛比较稀疏，平常都是画上去的，晚上卸妆之后，眉毛也就消失，变成另一个样子了。早上，当她的情人还没醒来，她会赶快把眉毛还原。有了漂亮的眉毛，她的自信心也回来了。

另一个女人，她早上起来先化一个淡妆。那么，当她的男朋友醒来，便只会看到她美丽的一面。她说："我要他永远都只记得我的美丽。"

这种对美的坚持，实在天可怜见。每天早上都如是，不会累吗？如果两个人要相处一辈子，真会累死。

有一个女人，起床后，不是首先刷牙，而是先吃早餐，吃完早餐才刷牙。她认为这时刷牙最清洁。既然她男朋友能够接受，我们也就不用担心一个人早上的口气了。

有时候，我会想，在这个都市里，有多少对情侣或夫妻，起床后的第一件事，是接吻、亲热或者聊天？

在匆匆开始一天的生计之前，我们会有一点时间沟通和互相抚慰吗？

有一个人会不介意你还没刷牙便给你一个深吻吗？有一个人并不嫌弃你早上起来的样子很糟糕吗？有一个人醒来后喜欢搂着你，赖在床上听你说话吗？不是一起生活头一天或头一年如此，而是年复一年，经常会这样做。你身边有这样的一个人吗？

结婚的时差

台湾作家张国立的新书《亚当和那根他妈的肋骨》里，有两则厕所笑话：

老婆与情人的差别有多少？

差十五公斤。

老公与情人间的差别又有多大？

差四十五分钟。

大部分的笑话，都离不开性和婚姻。女人婚后不一定会发胖，男人婚后，却通常会疏懒一点。曾经有医学报告指出，在床上心脏病发的男性，很大比例是在情妇床上病发的，只有少数是在自家的床上。至于理由，就不用说得太明白了。

朋友在念一个两年制的心理辅导硕士课程，他是班上年纪最大的一个，有一次，上课的时候，一位女同学说，有一个问题，她反复思考了十年，那就是婚姻。这时候，我的朋友笑呵呵地说："这个问题，我思考了三十年。"他经历了两段失败的婚姻，却仍然相信婚姻。那位比他年轻许多的女同学，未婚，不相信婚姻。

是否应该结婚，是许多人婚前和婚后都在思考的问题。

曾经跟一个女孩子聊天，十多年来，她交过两个男朋友。跟第一个一起的时候，他很想结婚，她的事业如日中天，还有许多梦想。结果，他跟别人结婚去了。现在，她很想结婚，她身边的男人正在为事业奋斗，一点也不想结婚。

　　当你很想很想的时候，不一定会遇到一个同样很想很想的人。当你不想不想的时候，却遇到一个很想很想的人。爱情和婚姻有时就像飞越了半个地球，难免会出现时差。

最高潮的爱

国内一位记者问我:"有人说:'爱到深处人孤独。'你同意吗?""这句说话听起来很文艺腔呢。"我笑笑说。

没有爱情的时候人会觉得孤独。拥有爱情,也会有孤独的时候,孤独本来就如影随形。

那位记者又问:"爱情在你心中占多少百分比?"

这是一个我没法回答的问题,除了爱情,人生还有其他很多东西,比如事业,比如梦想。爱情所占的百分比,在我每一个年纪,甚至每一刻,都不停地改变。何况,爱情只是人生的其中一部分。这一部分丰富了整体。然而,人生如果只有爱情,未免太乏味了。因为有其他的追寻,反而使爱情得以成长。所以,整体又丰富了部分,要给出一个百分比,似乎太简单了。

年少的时候,爱情几乎是一切,是百分之一百,我曾经以为,只要有爱情,孤独的感觉也会变成零,后来我知道,孤独绝对不会变成零。

爱到深处,并不会感到孤独。然而,从深处滑落的时候,便是最孤独的一刻,你已经尝试过最美好的滋味,你已经知道对方可以有多爱你,而你又有多爱他,你已经拥抱过最高潮的爱,剩下来的又会是什么呢?

在往后悠长的岁月里,虽然仍旧相爱,仍旧厮守,可是,你知道吗,最高潮的那一刻已成往事,只能在回忆里永存?这种孤独的感觉,怎样说与人听?

耳朵都软了

在陌生人面前，我常常会不自觉地双手交叉胸前，原来，这是一个拒绝的信号，意思是"不要接近我""不要跟我打交道"。

据说，女人的身体可以发出许多信号。例如，当一个女人在一个男人面前不断轻抚头发，表示她对他有意思。又例如，偏着头微笑或手托香腮，都是女人对男人有意思的信号。

我喜欢的，或许是笑吧。一旦喜欢一个人，便会对他笑，心里在笑，眼睛也在笑，双手不会交叉于胸前。

男人的身体好像不太善于发出信号。一个男人不断在你面前轻抚头发，那很恶心吧？手托"香腮"，更叫人受不了。男人喜欢一个女人时，喜欢用他的耳朵。

当一个男人很乐意而且很投入地听你说些无聊的事情，那表示他对你有好感。男人的耳朵，是在最初的时候最乖的。相识的头一个月，他愿意聆听你一生的故事，这包括你在幼儿园时的表现、你小学同学的近况、你中学时怎样被同学排挤、你大学时跟室友怎样不和、你上司好像暗恋你、你的同事十分妒忌你，还有你饲养过的猫狗，甚至乌龟是怎样寿终正寝的。如果你愿意说，他更愿意聆听你以前的恋情。

男人用他的耳朵发出爱的信号。即使他本来喜欢发表意见，也害怕女人喋喋不休，然而，堕入情网的时候，他的耳朵都软了。女人说什么都是动听的，都是了解她和接近她的机会。他们知道，当耳朵听话，嘴唇也会得享温柔。

静中带旺的感情

我喜欢住在静中带旺的地方。四周环境宁静，车程三十分钟以内，便是闹市。又或者，住在城市里，一小时的车程，便去到郊外，享受大自然的气息。这是最理想的生活。

长期住在乡村，我受不了。我会怀念城市的便捷和缤纷。然而，在城市住得太久，却会向往乡村的悠闲和恬静。

最美好的生活，也许是一半时间在乡村，一半时间在城市，或者像我渴望的那样，住在城市和乡村的交界。

多年前读彼得·梅尔的《普罗旺斯的一年》，巴不得马上跑去普罗旺斯。但我神往的，并不是乡间的生活，而是那里的食物。后来我忽然明白，彼得·梅尔喜欢普罗旺斯，因为他一直是伦敦人，在金融界打滚。十几年了，他当然向往山居岁月。

我认识一位故乡在普罗旺斯的法国人，他每三年都会来香港一游。他说："当你每天都住在山城里，你会很渴望看到大城市。"

当成千上万的城市人往乡间逃遁的时候，乡下人却梦想大都会。我们或许都有这种永恒的矛盾，既向往平静，也渴求绚烂。生活，也许是这两种渴望之间的平衡。正如我们有时讨厌人群，喜欢独处。独处的时间太久了，我们又渴望热闹。

　　我们害怕寂寞，渴望恋爱，喜欢被人照顾或照顾别人。有时候，我们却宁愿孤独，享受一个人自由自在的感觉。只是，你可以努力赚钱买一座静中带旺的房子，却无法要求一段介乎内心的乡郊与城市之间、静中带旺的感情。

两个伴侣

女人一生之中也许都在寻找两个伴侣——灵魂的和生活的。

两者能够合而为一，那是天底下最美好的事。

可惜，世事往往没有那么完美。

当你找到了一个生活的伴侣，时日久了，你不免感到有一点遗憾——遗憾他没能和你在灵魂上有更深的交流。

然而，当你找到了一个灵魂的伴侣，有时候，你又会觉得可惜——可惜除了灵魂深处的沟通之外，你们共同的生活太多瑕疵。

于是有人说：你太贪婪了！怎么可能最好的东西全落在你手上？接受不完美，本来就是人生的一部分。更有人说：爱情就是一个套餐。你接受一个人的优点，也要连他的缺点一起接受。对方不也是这样接受你的吗？

可是，现在的女人，最大的迷惘，也许是贪婪吧。

既然我一个人也可以活得好好的，为什么我不可以提高对伴侣的要求？

我不完美，不代表我就不可以追求完美。他接受我，不代表我要接受他来作为回报。

你问：那你什么时候需要生活的伴侣？什么时候需要灵魂的伴侣？我怎么知道呢？那个人出现了我便知道。

到了只能二者择其一的那天，便要看看你对幸福的定义。

幸福到底是有一个人让你在生活上可以完全倚赖，还是有一个人跟你一起追求灵魂的进步？

不雅的生活

不知道世事可否这样便宜呢，你只需要接受恋人美好的一面，而无须屈就于那些不美好的生活细节？

你在他身上看到智慧的光芒，但无须一并接受他那天摇地动、像恐龙袭地球一样的鼾声。

你欣赏他的才华，但不必欣赏他剪脚趾甲和挖鼻孔的姿态。

你喜欢他的老实，但永远不用喜欢看他蹲马桶。

你沉醉于他的世故和见识，但不用替他收拾随处乱放的啤酒罐。

你爱上他的细心和体贴，不必爱上他放的屁。

你喜欢跟他接吻，但不用接受他清晨的口气。

你喜欢他为你分析事情，但不用看到他用手指去剔牙。

你爱跟他谈天说地，但不用忍受他爱用手拿食物。

你渴望和他地老天荒，就是不能忍受他吃东西时狼吞虎咽。

你能够和他生死相许，但没法忍受他经常忘记剪手指甲。

爱情是优雅的，生活却有太多的不雅。

两个人可以冲破许多困难和障碍，义无反顾地走在一起。然而，当两个人在一起之后，他们才发现许多生活的细节琐碎如许，不值一提，却又非同小可。

爱情往往不是败于大是大非之下，而是流逝于微小的生活里。

你朝我走来

你约了人在街上等候，当他出现，从远处朝你走来，那一刻，你竟会觉得有点尴尬，眼睛瞥向另一个地方。等他走近了，才回过头来看他。

无论跟你约会的是什么人，我们总会有这种窘困。我们不太习惯一个人从很远很远的一点向自己跑来。两个人相隔一段那么长的距离，真不知道该如何自处。

有些人会迎上去，主动把距离缩短。有些人会摸摸头发，检查自己的仪容。有些人会假装正在沉思，显示一下自己的智慧。

我们并不害怕和情人的目光相遇，看到他出现的时候，心里也觉得甜蜜。然而，看着他朝你跑来，又是另一回事。

也许，只有当你很爱很爱一个人的时候，你才能够定定地望着他从老远的地方跑来。以前你会瞥向其他地方，是你还不够爱这个人，你不想让他看到你一直在等他，你也不想看到他跑过来那个狼狈的样子。

每个人走路的姿态都不一样，然而，也没有一个人走路的姿态是无懈可击的。当那个人朝你走来，他走路的缺点也就无所遁形。他脸上的肌肉也许随着他身体的动作而跳动，他的肚子也许不够扁平，他的手摆动得太厉害了，他的头发都乱了……

一个人还是站着的时候比较好看。

定定地站着的人主宰了相逢的场景，他看到最细微的一切，也看到对方和自己的不完美。唯有当我爱你够深，以你为荣，才能够从容地看着你朝我走来。

恶婆婆

女人对男人最伟大的奉献是容忍他母亲。

虽然粤语片时代的恶婆婆形象已经一去不返，但为人婆婆者，依然有不同程度的麻烦。有一种婆婆是慈禧太后，一年内有本事骂走十个菲佣及三个修理厕所的技工。

有一种婆婆爱挑剔，从媳妇洗碗、切菜的方法、洗澡习惯、花钱方式、穿衣品味、交朋结友、业余活动以至睡姿，都要控制。

有一种婆婆严重缺乏安全感，整日长嗟短叹，害怕媳妇会教唆儿子将她赶走，她们需要心理辅导。

有一种婆婆有两副面孔，对媳妇言听计从，却向儿子说她长短。

不过最难待候的可能是这一种——她年轻守寡，含辛茹苦养大独子，既想他成家立室，又害怕他给另一个女人霸占。她爱与媳妇争宠，使媳妇成为第三者。

女人能够经年累月容忍迁就一个麻烦或心理不平衡的婆婆，只是基于一个信念——她是她最爱的男人的母亲。

女人若不坚守这个信念，早就跟婆婆大打出手了。

女人受尽委屈，最好不要向丈夫诉苦，免得他左右做人难。

直至丈夫良心发现，问："我母亲是不是很难待候？"

女人还要含笑说："也不是。不过，除了我之外，大概没有人可以容忍她。"

过尽难关，意态轻松，才是彻底奉献。

我对你特别好

女人一生之中大概都听过这一句话，男人说："我对你特别好！"

他对你比对别人温柔体贴，他更愿意任劳任怨，甘心做牛做马。在你面前，他也特别战战兢兢，特别有耐性，特别慷慨。

这不是应该的吗？我爱你的时候，何尝不是对你特别好？

当一人爱上另一人，他也许会短暂地失去自己——变成一个乖顺的随从。

某某正在热恋中，平日最讨厌逛街的他，竟然天天陪着女朋友去逛街买东西，并且非常耐心地给她意见。他的朋友摇头叹息："他已经不是他了！"

谁没有试过不是自己的时候，除非你没爱过。

你对我特别好，跟你对我说"你是我最爱的人"并没有太大分别。因为此刻最爱，所以我们竟然能够发掘自己的另一面。原来我可以这样温柔，原来我也会如此患得患失。

若此生有幸遭遇吾爱，我会有另一个样子。

男人告诉你，他对你特别好，既是微笑的叹息，也是一种自嘲、一种惊奇。他在你面前融化了，完全无力反抗。

问题是，他融化到什么程度？

融化得太多，女人会觉得他没性格；融化得太少，女人会埋怨他对她不够好。

　　像冰激凌融化在热腾腾的舒芙蕾里面，才会特别地有滋味，特别地悠长。

　　你又能为我融化多少？是不是刚好感动我而又不至于让我瞧不起的程度？

依赖的重量

无论你是否相信人本来是雌雄同体、终生寻觅另一半这个神话，两个人之所以相爱，是一种配合。譬如说，喜欢依赖的，会爱上喜欢被依赖的那个。

依赖也许不是一种好东西，除非你还是个婴儿。太依赖的小孩令人担心，太依赖的成人被认为不成熟。然而，正因为我们长大后发现仅可依赖的只有自己，所以才渴望依赖别人。

爱是一种依赖，我们想要成为另一个人的孩子。

成为孩子，意味着得到温暖、照顾、食物和柔情。终其一生，每个人都渴望可以得到这些美好的东西，在有需要的时候，就会被喂哺和拥抱。

当那个人说："你太依赖我了！我吃不消！"那么，他显然并不是和你分裂了的另一半，只能再去寻觅。

如果那个人沮丧地说："为什么你好像不需要我？"他说的，就是感觉不到你的依赖。那么，你们的爱是不圆满的。

我们嘴里说自己喜欢比较独立的另一半，然而，假如他独立到完全不需要依赖你，自己就可以制造温暖、照顾、柔情和食物，那么，你们还拿什么来恋爱？

我们都知道适当的依赖是一种信任和亲昵的表现，去回应这种依赖就是爱。只是，我们往往无法准确地决定依赖的重量。太轻了，对方没有安全感；太重了，又轮到自己没有安全感。要有多重才不算重，才能够自持？

跟你一起去讨厌

我们常常会遇到一些频道完全不对的人。你跟他谈论一部电影，他喜欢的情节跟你喜欢的完全不一样。你觉得幽默的地方，他理解不到；他觉得笑到捧腹的地方，你又觉得不是那么好笑，不明白他为何笑成这样。

你们可以聊天，但几乎每次都无法超过半小时，而且都是自说自话或应酬彼此。你们喜欢的书并不一样，喜欢吃的东西也不一样。当他说某家馆子的菜很可口，你不会相信。

当你觉得那个人没趣，他或许并非真的没趣，而是他的频道跟你不一样。他会遇到一个认为他非常有趣的人，他更会觉得你才是那个没趣的人。

一旦遇到一个跟你频道相同的人，你才知那是多么幸运的事。

你们能够一起爱上某样东西。

能够一起爱上某样东西并不是最幸福的，能够一起讨厌某样东西，才是幸福呢！

你们同样受不了某种装潢的房子。

你们都吃不消某种打扮。

你们都讨厌某一种颜色的车子。

你们一起讨厌一个地方，发誓绝不去那儿。

你们讨厌同一部电影，

你们也讨厌同一个人。

你们一起讨厌某种行为和作风。

你们同样讨厌某种味道。

遇上一些事情，你们竟会同时嗤之以鼻。

能够跟你一起讨厌我所讨厌的一切，原来是那么的幸福。

你有生死之交吗？

甲问乙："你有生死之交吗？"

乙说："为什么要朋友为你死？"

生死之交，是生死不相背离，而不是要求对方为你死。

刘易斯在其所著的《四种爱》里说恋人是面对面，朋友是肩并肩。面对面，是共同的生活；肩并肩，是你也看到我所看到的。我们并肩向前，一路上，我们互相扶持。我们共同的世界是如此辽阔。

我们没法选择自己的父母、兄弟或姐妹，但是，朋友是我们自己选择的。我们都需要爱情或者爱情的感觉，需要情人的关顾和慰藉。然而，我们可以不需要朋友。人没有朋友，仍可以活得好好的。事实上，很多人也没有朋友。

朋友是我们在这世上难能可贵的自由选择。挑剔，是理所当然的。

朋友有许多层次：有吃饭聊天的朋友，有谈心事的朋友，有两肋插刀的朋友。你的朋友是哪个层次？

你有生死之交吗？有生死之交，是非常幸运的；没有的话，也不用感慨，这种朋友，本来就是难求的。我知道，只要我说一句，他会为我赴汤蹈火。我知道，当所有人都离弃我，他不会。他会对我说最真心的话，即使那些话我不会喜欢听。在我二人之间，富贵若浮云。

爱情最让人沮丧的，是互相占有的欲望。在友情面前，没有占有，只有分享和付出。

爱上，一个人

有位女朋友，近十年来都是一个人生活。不是没有男孩子喜欢她，只是，喜欢她的那些她不喜欢；她喜欢的，又没有同时喜欢她。

以前，她还会害怕自己没人爱，将会孤独终老。到那一天，她爸爸妈妈都不在了，她想，她会很可怜，甚至变成一个不可理喻的老女人。

然而，这些年来，她渐渐习惯了一个人的生活。不只习惯，而且享受。

她一个人住。需要家庭温暖的时候，可以回去爸爸妈妈家里吃饭，反正他们就住在附近，随时欢迎她。想独处的时候，她可以窝在家里，没有人骚扰她。心情不好的时候，也不用忍受屋里还有另一个人。

爱情会无可奈何地成为一种习惯，然后在生活里流逝。没有爱情的生活，最终也同样会成为习惯，却不会觉得无奈。

今天，她反而担心，万一有个男人在身边，她会不会不习惯？他会破坏她习以为常，而且甘之如饴的生活吗？何况，她已经不会像年少的时候那样，肯去迁就一个她爱的男人，甚至为他改变自己。

当同龄的朋友都忙着安定下来，她反而活得比以前精彩。她可以随时跟那些同样是单身的女朋友去旅行。当她买了自己喜欢的衣服时，也用不着向男朋友隐瞒价钱。她每星期有

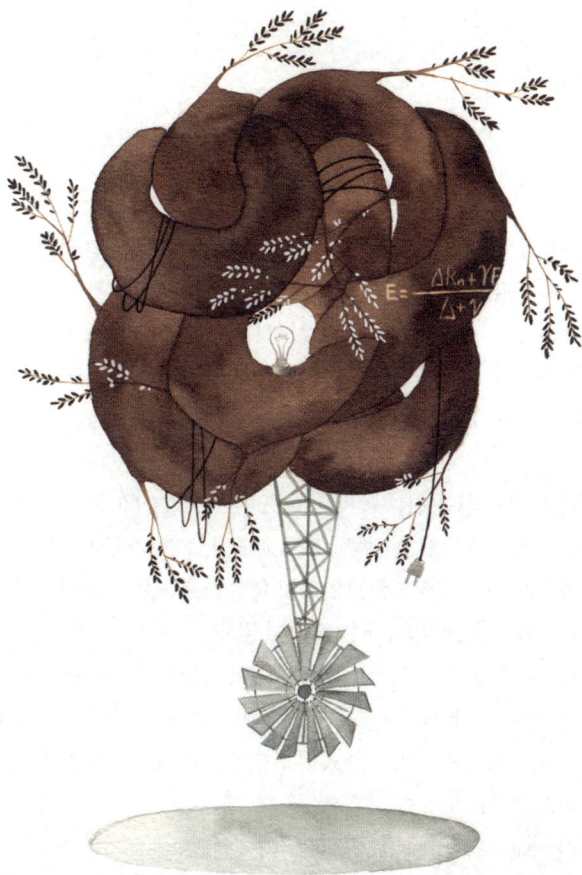

三天去上课，学跳舞、陶艺、瑜伽、游泳、唱歌。这些全是她以前没想过到这把年纪才去学的。

　　她的时间跟别人倒转了过来，如今才享受自由和青春。她爱上了，一个人。

糟糕的旅伴

我是个很糟糕的旅伴。譬如说，我不大会订机票和安排行程，甚至觉得这些事情很烦。我不会看地图，基本上分不清南北西东，又很羞于问路。我没什么耐性，如果找了很久也找不到一个地方，宁愿不去。要排队超过一个半小时的，无论是什么伟大名胜、博物馆或一流的餐厅，我都会放弃。

我害怕舟车劳顿，只可忍受三小时以内的车程。如果要转车三次以上，我会咆哮。我在旅途上常常会有坏情绪，那是因为我一旦改变了作息的时间便会很累。如果旅程超过十二天，我一定会生病，譬如头痛或胃痛。

我觉得找好吃的东西比看风景重要。最想住一家舒适和现代化的旅馆，而且下午必须回酒店睡一觉。

所以，有一次，当有个人很幸福地告诉我："我喜欢跟你一起去旅行！"

那一刻，我真的很惊讶，既感动又惭愧。

我自己都不喜欢跟自己去旅行呢！

可是，找旅伴就是很奇怪的事。有个男人跟我说，他才不喜欢跟一向爱安排行程和搜集资料的人一起去旅行，因为这样一来他便没事可做。

有些人，本来是朋友，去一次旅行回来便绝交了。还有许多情侣，在旅途上才明白大家是合不来的。我有自知之明，通常只会跟一个能忍受我的人一起去。

最美好的异国风光和食物，如果没有一个欣赏你的人在你身畔，毕竟是有点寂寥的。

今晚在沙发睡

有人喜欢在沙发上睡觉。家里明明有一张舒服的床，但是他仍然贪恋那张沙发。

有时候，人躺在沙发上看影碟，看得累了，就在沙发上睡着，不愿起来。S 的丈夫向我投诉，S 常常就这样在沙发上睡着，半夜里，他费尽九牛二虎之力才把她抱回床上。也许她不是真的喜欢睡在沙发上，而是享受丈夫每夜把她抱回床上。

睡沙发也可能是无声的抗议。跟同住的情人吵架，抗议的方法就是今天晚上在沙发上睡觉，无论如何也不进睡房。谁首先决定盘踞那张沙发，谁就显得较强硬和高傲。只要半夜起来不垂头丧气地钻回床上去，就是英雄。

一个人住，睡在沙发上的自由就更大了，如果客厅对着一片美丽的景色，在沙发上留一个晚上又何妨？

夜里，忽然下了一场倾盆大雨，那么，就把沙发移到窗前，然后睡在沙发上，看一场夜来的雨景。

刚刚与他分手，一个人孤零零的，那么，今夜不要睡在床上。床是无边无际的，人躺在床上，孤苦无依，那张沙发短而狭窄，人要屈曲双脚，抓住靠背，才可以瑟缩在沙发上，虽然睡得不舒服，却好像被拥抱着，不再那么空虚。

诚征煮饭男

看过张曼玉的一篇访问，她说，到了她这个年纪，最喜欢的是一个煮得一手好菜的男人。

的确深有同感。

年少的时候，女人想要的是青春梦里人。后来，她想要的是一段惊天动地的爱情。再后来，她想要一个天天跟她黏在一起的男人。然后，她渴望一个志同道合、有共同人生目标的男人。

女人在人生每个阶段，对于幸福也有不同的诠释。一天，她爱过了，经历够多了，才忽然发现，肚子的幸福，是人生一大幸福。

追求"五好"男人的阶段已经过去了，我们再不执着于"收入好、外形好、职业好、性格好、品味好"的男人，只想诚征一名煮饭男。

他热爱下厨，厨艺不凡，精通各国佳肴。女人今天突然想吃芋头焖鸭，明天想吃《红楼梦》里的鱼香茄子，后天想吃点家常小菜和炖汤，都绝对难不倒他。

爱下厨的男人，自有另一种魅力。当他以万般柔情和君临天下的姿态为心爱的女人下厨，女人只要坐着等吃便好了。

只要他煮得一手好菜，那么，其他条件都可以稍微放宽。

激情何其短暂。在日复一日的生活里，在悠长的岁月中，将情爱化为味道与食物的奇香，把幸福投射在情人细心的烹调上，拥抱一个爱煮饭的男人，才是得到一张真正的长期饭票。

被抛弃的好处

胖子失恋后，才矢志减肥，成绩彪炳。寄情恋爱的人被抛弃后，才如梦初醒，努力上进。对创作人而言，被人抛弃是好事来的。

诗人被无情的女人抛弃后，脑海里突然闪出很多创作灵感和小说题材。对于爱情、生命和人性，他有了新的体会，以至他知道日后的创作该走哪一条路。被抛弃的过程令他悲痛欲绝，却料不到同时令他重获新生。如果没有被抛弃，他也许永远不会觉醒。如今，单单是关于被抛弃的故事，他手上也有十多个。

有一位编剧，一直被认为很有潜质，但多年下来，发挥都不大，原先看好他的人，渐渐对他失望。直至一天，他突然被女朋友抛弃。失恋的日子很痛苦，当他终于从痛苦中挣扎出来，落笔再写剧本，他惊讶自己已不同以往，因为他沧桑了。

失恋随时会是一个突破，因此，负心男人并不可恶，他们倒是相当公平的人。他们得到女人的肉体和感情这些好处后，又抛弃她们，让她们得到被抛弃的好处。

从今以后，要离开一个人，不必那么残酷地说：

"我不爱你了！"或"我打算抛弃你！"

该说：

"我打算给你一点好处。"

当然，好处愈早得到愈好，尤其是被抛弃的好处。

有爱情，就有孤单

没有伴侣的时候，即使是孤单，也可以很快乐。

这个时候，孤单是一种境界。

你可以一个人走遍世界，结识不同的朋友。你也可以选择下班之后，立刻回到家里，享受自己的世界。

一个人的孤单，并不可怕。

最可怕的，是有了伴侣之后的那份孤单。

伴侣糟糕，你却不能离开他，那是最孤单的。

你和他，曾经有过许多快乐的时光，你以为从此不再孤单。只是，许多年后，你忽然发现，你宁愿孤单一个人。假如只有你一个人，你用不着再向他交代你的行踪，你无须再逼自己和他一起成长或一起不成长，你不必再听他唠叨，你不用再迁就他，你不用再向他说甜言蜜语。

当你为他做了这一切，你竟然感到无比的孤单。

然而，你有太多理由不能离开他。

你不忍心让他孤单，不如你自己孤单好了。

原来，所有的责任、感情、承诺、道德、传统、忍耐，都是孤单的源头。

孤单不是与生俱来，而是由你爱上一个人的那一刻开始。

狗儿比男人好

女人有一百个理由相信狗儿比男人好，以下随便举出几个理由：

一、狗不会说甜言蜜语，也不会向女人许下承诺，然后撒赖："我是说过永远爱你，但是现在情况不同了。"

二、你亲自编织毛衣给狗穿着，它会乖乖地穿上，不会批评。

三、长夜漫漫，是狗等你回家，不是你等狗回家。

四、狗会陪你散步、逛街，男人哪里肯做这些事？他宁愿自己去看电脑。

五、你对狗好，它会知恩图报。你对男人好，他一样会爱上其他女人。

六、狗走失了，你可以贴启事悬红找它。男人走失了，悬红也没用。

七、狗不会对女人说"你胖了""你老了""你很烦"，更不会说"我不爱你了"。

八、狗不会因为你赚钱比它多而自卑。

九、狗不会喝醉酒，要女人服侍它。

十、狗不会每天早上坐在马桶上看报纸。

十一、狗的母亲不会和你有婆媳问题，而且狗的母亲也不会对你诸多批评，它不会以为它的儿子是万人迷。

十二、狗会替你衔拖鞋，男人才不会。

十三、你开车时，狗不会在旁边责备你技术差劲，并嘲笑你："女人就是这样子。"

十四、狗不会介意你从前有多少个男朋友，有没有结过婚，更不介意你漂不漂亮。

十五、你说头痛，不和狗玩，它不会勉强你。

"你很烦！"

男人认为女人最大的罪行是烦。一个男人说："女人只会愈来愈烦。"

从来没有一个男人不埋怨他的女人烦的，他的女上司、女同事、女下属、母亲、姊妹、岳母，都是烦人。男人的一生，到死为止，只要跟女人扯上关系，便永无宁日。

有男人说，男人是给女人烦死的，可是这个人仍然活着，而且有好多女人。

女人最伤心的是当年信誓旦旦、温柔体贴英气的男人竟然有一天不耐烦地说："你很烦！"

女人听到"你很烦"这句话，她便知道不独蜜月期已经过了，这个男人还很可能已经不爱她。"你很烦"是"我不爱你"的先兆，男人终于露出马脚了。

女人听到这句话，不是哭着说："你说我烦？"便是赌气地说："那我以后不管你！"

男人因此觉得更烦。

可笑的是，男人因为觉得一个女人烦而去找别的女人，到头来，外面的女人也一样烦。所以"烦"只是一个男人外骛的借口，真正原因是他要找寻新鲜感。

但凡新鲜的东西和新鲜的人都不会烦，直至不再新鲜。

男人想要女人不再烦他，实在容易，只要他有本事。哪有女人敢烦他？怕他会走呢！

还魂记

　　许多爱情鬼故事是这样的——女鬼爱上男主角，人鬼殊途，不能结合，最后，男主角遇上危机，女鬼舍命救爱郎，弥留之际，她在他身畔说："我会回来的。"

　　许多年后，偶然有一天，他在路上碰到一个女孩子。她长得跟当年那女鬼一模一样，他惊愕之余，女郎对他微笑，男主角就凭这个笑容认出眼前人就是当年自己深爱过的女鬼，她已投胎转世，这笑容就是重逢的标记。有时候，不一定是笑容，或许是脸上一颗痣或身上一个胎记。总之，她回来了，但不认得他。

　　一个女孩子对我说，她单恋一个男人，但男人无动于衷，她决定用几年时间读书，然后以全新形象在男人面前出现，希望那时他会对她另眼相看。

　　这也是一种还魂。

　　曾经有问题的维他奶也还魂了，广告上说："还没有重逢之前，先给你一件信物。"重新生产的维他奶，盒面贴有一个红色的写着"全新制造，品质保证"的标记。

　　这像不像那个爱情鬼故事？

　　那红色的标记正是女鬼还阳后脸上的一颗红痣。

　　如果每个人都可以忘掉不快的往事还魂，那该多好。

　　但人死不能复生，我们所谓的还魂顶多只是脱胎换骨，再战江湖。

　　那个患单相思病的女孩子还魂之后也许就看不上她曾经单恋的那个男人了，那个男人的功能只是助她还魂。

看心理医生的吉斯

纽约曼哈顿中央公园一只名叫吉斯的北极熊在两年前患上了过度活跃症，整天不停地游泳，经过专家的治疗，现在已经痊愈。

吉斯的病况，引起各方关注，成为各式商品和画册的主角，其中一款明信片是"吉斯看医生"，吉斯躺在床上，接受心理医生的发问。

原来凡是不停地做某一件事，便是心理有问题。不停地游泳、不停地跑步、不停地吃、不停地节食、不停地赚钱、不停地说话、不停地说谎、不停地工作、不停地逃避、不停地要求别人称赞、不停地骂人、不停地挤眉弄眼吐舌头，以至不停地找男人、不停地找女人、不停地找人上床、不停地找人爱自己、不停地负心、不停地爱上别人，都是病。

无论是不停地爱上别人或不停地负心，最后都和不停地游泳的吉斯一样，是会疲累而死的。

吉斯不知道自己有病，但专家知道。

不停地爱上别人或不停地负心的人却不知道自己有病，他们取笑那些不停地吃的人，厌恶那些不停地说话的人，却不知道自己和他们一样，都是病人，只是病征不同。

唯一不是病的是不停地呼吸。人不停地生活，也是一件吃力的事，却不能停下来。

有时候，我怀疑那些懒惰的人是智者，他知道不停地生活也是病。

Chapter

04

永不永不苍老

小时候，大人为什么要让我们相信世上有魔法呢？
你知道吗，后来当我们发现这一切都不是真的，
我们多么地失望？
这些谎言影响了我们一辈子。
终其一生，当我们遭遇不如意时，
我们仍然期待神仙带着奇迹降临，虽然我们明知道不可能。

骗人的魔法

每个小孩子都相信世上有魔法和神奇力量。我们小时候看的故事书不都是这样说的吗？

看到门关上了，只要高喊："芝麻开门！"那扇门便会打开。

当我们过着困苦的日子时，我们以为，有一天，神仙会来奖赏我们。

哆啦 A 梦会在他的四维袋里掏出一件法宝，帮我们达成愿望。

我也许会拾到一根神仙棒，只要挥一挥神仙棒，功课便自动做完，考试也难不倒我，爸爸妈妈也不会再吵架。

当我长大了，我会找到一位王子。

不相信世上有魔法的孩子，是没有童年的孩子。

然而，当我们长大了，我们才惊讶地发现，这个世界并没有神仙，也没有神仙棒和一只会法术的猫。打不开门的时候，只能去找锁匠，而不是大叫"芝麻开门"。工作做不完，也不会有神仙代劳。

小时候，大人为什么要让我们相信世上有魔法呢？你知道吗，后来当我们发现这一切都不是真的，我们多么地失望？

这些谎言影响了我们一辈子。终其一生，当我们遭遇不如意时，我们仍然期待神仙带着奇迹降临，虽然我们明知道不可能。

四十四次日落

小时候住的房子，可以看到日落。黄昏时候，一轮红日，就镶在窗边，我时常坐在窗前，等到红日沉下地平线。离开那座房子许多年了，一直渴望再拥有一座可以看到日落的房子。朋友说："看到日落的房子是西斜的，不太好。"但我住过的房子，都是西斜的，也许是巧合，与落日分外投缘，看到日落，觉得这世界还是美好的。在白天出生的我，对月夜并没有遐思。别人爱说月夜如何浪漫，据说狼人也在月圆之夜出没，可是我觉得落日比满月哀伤。

小王子住在小行星上，每一天，他只需要将椅子移几步，就可以多看一次日落，有一天，他看了四十四次日落。他说："一个人心情哀伤的时候，他就会去看日落。"

我们不是小王子，我们住在地球上，每天只可以看到一次日落。人的一生，可以看多少次日落？既然每天只有一次日落，就让我们每天只哀伤一次。

黄昏的时候，走在水泥森林里，突然觉得很哀伤，不知道何去何从，于是立刻跑回家看日落。回到家里，夕阳余晖刚好铺在白色的书桌上，原来时光也有它不残忍的时刻，而我从未察觉。

日落毕竟比圆月愉快。

楼梯是长还是短?

我小时念的那所幼儿园在一道很长很长的楼梯尽头。记忆中,那道楼梯好像永远也走不完。那时跟同学赛跑,斗快跑上楼梯,跑到上面,脸也涨红了,好像一下子跑了几百级楼梯。

很多年后,旧地重游,我记忆中的那道楼梯原来是很短很短的。为什么从前会觉得它是很长的? 也许当时年纪小,觉得每个大人都是很高的,每条斜路都是很长的,楼梯也是永远走不完的。

人大了,楼梯也变短了,只消走几步便可以走到尽头。从前觉得一望无尽的世界,原来很渺小。

小时候,祖母常常送我上学,她总是走在前面。当她走到楼梯顶,我还背着书包慢慢走,她站在上面催我:

"快点! 快点! "

我念小学六年级的时候,我们又踏在那道楼梯上。这一次,我走在前面,祖母走在后面。她每走几级,便要停下来休息一下。她一边喘气一边埋怨:

"这道楼梯为什么变长了? 以前没有这么长的。"

楼梯没有变长,是她变老了。

同一道楼梯,到底是长还是短? 楼梯没变,变的是岁月。

还在笑呢，还在笑呢

好的老师总是偏心的。一班三十名学生，老师不见得偏心任何一个学生，难道他三十个都爱吗？他很可能只是寡情。

有情的人，才会有偏爱。我们埋怨老师偏心，只因为自己不是被偏爱的那一个。老师不一定爱一个好学生，他也许爱一个坏学生。他也许爱一个像少年的他的学生。老师偏爱学生，也像爱情一样，他重遇自己的另一半，在这个人身上找到某些跟自己相同的特质，他无法像对待普通人一样对他。

多情、长情、重情的人，才会有那一点点的偏爱。

我念小学时是个顽皮透顶的学生，时常扯同学的头发和她们校服上的蝴蝶结。一次，更把一个女生按在地上，扯脱她穿在校裙底下的一条运动短裤。女生不生我的气，主任却生气了。中年发福的她，叉着腰骂我："你……你……你给我到教员室外面罚站。"

同学都去上课了，我百无聊赖地站在那里，忽然，L老师来赎我回去。我跟在她身后，蹦蹦跳跳，边走边笑，她回头没好气地说："还在笑呢，还在笑呢。"

那时候，爱就是那么简单，只为一个对你青睐有加的人努力。

然而，被一个人长久地有条件地爱着，很没安全感，你不知道他什么时候不再爱你，于是，我偶尔故意令爱我的人伤心，看到他伤心，我仿佛得回一点安全感。

反叛，有时只是因为害怕失去。

学校放狗了

中学时代的我，很留恋学校，常常是最后那几个离开的人。

每天放学之后，几乎都有活动，不是打篮球便是打排球。夏天的话，天天要游泳。有时候，是连续几个月要排练话剧。即使没事可做，我也会跟同学在课室里聊天，直到校工要睡了，我才肯放学。我唯一不会留在学校里做的事情，是温习功课。

那个时候，有一位老校工会拉二胡。放学之后，他爱坐在小操场旁边，沉郁地拉他的二胡。二胡的曲调太悲伤了，却迷倒我这个多愁善感的少女。我曾经请求他教我拉二胡，可惜，他一眼便看出我不是材料，只肯录一段送给我回家听。

这位会拉二胡的校工，是留宿的，他也负责放狗。到了晚上十点钟，学校锁门，为了防盗，校工会把几只土狗放出来。

有时候，他放狗了，我还留在学校排戏。那几只土狗又老又呆，是绝对会向窃贼手上的美食乖乖投降的。然而，只要看到它们在学校散步，我便知道是时候回家了。

直到现在，还是觉得美丽的校园是应该养几条狗的。校工放狗了，才是一天圆满的结束。

后来，当我不再是一个学生，我才发现，人生也有放狗的时候。天下没有不散的筵席，当心中的狗已经放出来了，也是时候向你曾经爱恋的人告别了。

拜拜你条尾

时间流逝，我们身上有一部分东西却始终生活在时间之外，也许是一个微小的动作，一个表情，一个习惯。

人在两个时候会把这些活在时间以外的东西流露出来：恋爱和年老的时候。

人老了，便像个孩子，行为举止都回到数十年前，是生命的过程。

恋爱时的孩子气，却是甜美的。

你见过一个大男人噘起嘴巴的样子吗？他明明是个成熟的男人了，某些时刻，却会做出孩童的表情。他噘起嘴巴，你不觉得讨厌，反而认为他是世上最可爱的男人。

男人都是长不大的，只有他身边的女人能看到他那个小孩子的样子。

你也见过女人撒娇吧？撒娇的时候，她会变回一个十岁的小女孩，要不是任性得不可理喻，便是楚楚可怜，男人无法不心软。

热恋中的人都是幼稚的，他们也不想记得自己的年岁。

童年时，我们都玩过一个游戏，当我们跟朋友说"拜拜"时，我们总喜欢在后面加上三个字，调皮地说"拜拜你条尾！"我们以为自己已经长大了，一旦爱上别人，打情骂俏的时候，重又变回小孩子，不肯正正经经地说一句话。

所有活在时间以外的东西，一个微小的动作，一个表情，便是童年的尾巴，永不长大。

你还记得那支歌吗？

你还记得中学时的校歌怎样唱吗？

离开学校许多年了，那天跟旧同学见面，忽然有人提出："记不记得我们的校歌怎么唱？"

很惭愧，我只记得其中一部分。大家哼着哼着，终于能够哼出整首校歌。

每个人一定都唱过几支校歌：幼儿园的、小学的、中学的、大学的。每逢学校庆典，大家高唱校歌，那时并没有人会去研究校歌的意思，也没有努力去记着歌词——我们早就已经熟得不能再熟了。

许多年后的一天，我们静下来的时候，忽然想起在青涩岁月里唱过的校歌，好想再唱一遍，可是已经忘记了歌词，只依稀记得旋律。

离开学校，长大成人之后，失意的时候，我们心中忽然响起熟悉的老调，和平的诗意，那不是校歌吗？在年少无忧的岁月里，我们曾经天天唱咏。独个儿把校歌再唱一遍，心里竟然平静多了。

我们一生唱过无数的歌，也喜欢过不同的歌，有些牢牢记住了，有些忘记了，也有一些歌，经不起时间的考验。然而，校歌却是永恒的。一支校歌能够永恒，因为它治疗了成长的创伤。

童年的友谊

当你找不到新朋友时，有没有想过回去找你的旧朋友？

你可以去找你失散了多年的中学同学，甚至是小学同学，若你有办法找到幼儿园同学，那也不错。

有人不喜欢找大学时的同学，因为害怕比较。大家毕业后的际遇不一样，走在一起，反而不知道说些什么好。

有人说，他最好的朋友是中学时的同学。也有人说，他已经很久没有参加中学同学的聚会了，因为其中一个曾经跟他很要好的旧同学每次见面总是问他："你现在赚多少钱？"

大学同学不能找，中学同学也不能找，一天，你偶然重遇一个小学同学，大家兴高采烈地谈了许多许多，然后才依依惜别。你终于发现，小学时的情谊，是最纯真的。

小学时，大家都天真未凿，不会比较，也不会竞争。那段日子，也是人生一段很甜美的时光。小学毕业后，大家各散东西，过着不一样的人生，根本也没得比较。某天，有缘重聚，即使际遇相差很远，也不会有什么不舒服的感觉。两个人走在一起，还可以回味童年往事。记得当时年纪小……

兜兜转转，你得到一些朋友，又失去一些朋友，唯独你的小学同学，仍像当天。

同学少年

因为要做一些资料搜集，所以打电话找一位许多年没见的旧同学。跟他约好见面，他在电话那一头笑着说：

"我变了很多！胖了，头发也掉了不少。"

"怕什么！我以前又没喜欢过你！"我说。

这天，终于见到他了。他的头发的确稀疏了，身材由从前的小码变成了现在的中码和大码之间，还长出了一个小肚子。除此之外，他依然是我年少时认识的那个很纯的男孩子。

一别经年，我们谈了很多往事。他取笑我："你从前常常逃课呢！"

我反击他："你勤力上课又有什么用？你的成绩不见得好呢！"

他告诉我这些年来他爱恋过的女孩子，还有那些他单恋过的，也谈到早年到处流浪的日子和近年的生活，我也告诉他我的经历。说着说着，竟不觉得我们是隔了无数光阴之后重聚的，仿佛昨天还一起上学。

他跟从前一样，满足于简单的生活。他从来就没有什么野心和抱负，只想自在过日子。一顿饭下来，他说得最多的一句话是：

"像我这种条件，现在的生活已经很好啦！"

他反过来问我，我要追寻一些什么。

一瞬间，我竟答不上来。也许，我依然是他年少时的那个同学，追寻我所追寻的、一些永远没有答案的东西。

大女孩的岁月

童年时候，我们都曾经偷偷穿上妈妈的高跟鞋，戴上妈妈的珠宝首饰，然后又把她的胭脂和口红涂在脸上。妈妈涂指甲油的时候，我们也要她替我们十只小指头涂上指甲油。我们多么渴望长大！长大了，便可以成为一个千娇百媚的女人。

十来二十岁的时候，我们总是打扮得过分成熟。年纪大一点的时候，我们又反过来爱上青春活泼的打扮。女人的年岁愈大，便愈想留住年轻的日子。

我们渴望成为妩媚的女人，却又害怕失去青春与童心。当我们负担得起一些昂贵的衣服的时候，又往往已经超过了可以穿那些衣服的年纪。我们曾经年轻得让人妒忌，后来又妒忌那些比我们年轻的女孩子。我们被爱着的时候依然患得患失，害怕青春消逝，他不会像今天这么爱我。

年轻的岁月，美若春风，短暂如朝露。一个女人一生中最灿烂的时光，是做大女孩的时候。这个时候，她已经长大了，可以谈恋爱了，但她还是年轻得可以。她做错事、说错话，所有人都会原谅她。她哭的时候，所有人都痛惜她。有哪个女人愿意让这段时光须臾便成往事？我们总想把它短暂地延缓。任岁月流逝，我们沉醉在大女孩的时光里。

十九岁的日子

这天，忽然想起十九岁的日子。十九岁的时候，我在做些什么？

那一年，刚开始半工半读的生涯，在电视台当个小编剧，自己赚学费和生活费。不大喜欢上课，比较喜欢上班。

十九岁的时候，我比现在胖很多。

那时候，我有一个比我大一岁和一个比我小六个月的好朋友，两个都是很会打扮的女孩子。她们整天游说我化一点妆。

十九岁，我还没尝过相爱的滋味。在那个年纪，我以为爱情是要轰轰烈烈的，是矢志不渝的，就像所有情歌那样荡气回肠。

十九岁的时候，我唯一的目标是成为一个出色的编剧。

十九岁的我，非常不甘平凡。

十九岁的时候，不爱回家，总是在外面跟朋友或同学混。

十九岁的日子，已经有点模糊了。那时候，懂什么人生？

渴求一段轰轰烈烈的恋爱，也是一个陈腐的愿望。我以为将会有一个梦想中的男人毫无保留地爱我。

十九岁的时候，懂什么爱情？

那时候，我也不懂男人。

十九岁的女孩子，并不知道人生充满转机，有一天，生活会有翻天覆地的变化。

在那个青涩的年纪，我从没想过多年后的一天，在某一个瞬间，我忽然想起十九岁的自己。

永远的搭带鞋

　　从上海回来的那个晚上，跟 L 在电话里聊天，提起一位我没见过的女士，她当年是艳名四播的。"已经是美人迟暮了吧？"我说。

　　"是双倍的美人迟暮。"他笑笑说，"可是她那一辈的男人仍然为她着迷。"

　　"你不是说男人永远都喜欢年轻的女孩子的吗？"

　　"我也以为是的。也许，她当年的容貌已经永远印在这几个白发苍苍的男人的回忆里，无论她现在变成怎样，他们看到的，都是年轻时的她。"

　　"那么，我希望你也永远记得我跟你认识时的模样。"我微笑着说。

　　我们要从照片中寻回失落的青春。可幸运的是，我们在别人的回忆里，却得享年轻的日子，而且永远不会磨灭。悲观地看，成长是一步一步迈向衰老和死亡。乐观地看，因为有死亡，短暂的人生才变得有意义。岁月匆匆，成长的日子，却仿如昨日。我仍然记得发育时乳房疼痛的感觉。妈妈说："你要穿胸罩了。"

　　我们几个同学躲在更衣室里，讨论哪个同学的胸大，哪个人小。更小的时候，我们在运动场玩耍，几个女孩子靠在一起，忽然有人问："nipple 是什么？"一个混血儿的同学说："是乳头！"我们一边尖叫一边跑开，只剩下那个同学尴尬地站着，不知道自己说错了什么。我们曾经羞于提起自己的身体，后来却变得坦荡荡了。九岁的那一年，我有一双黑色的搭带鞋。我很怀念那双皮鞋，也许因为这个缘故，直到今天，每次看到搭带鞋，我还是会动心。我家的鞋柜里，便有三双搭带鞋。

人总是带着成长岁月里的一些东西走向未来的日子。那些回忆，是我们余生也会努力去寻觅和拥有的。

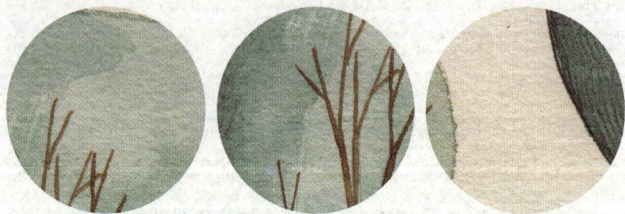

我的小男友

第一个闯进我生命的男孩子，是我小学二年级的同学，他姓关。我们住得很近，上同一班，光顾同一个保姆车司机，所以，我们每天都一起上课和下课。那时我还有一位很要好的女同学，她姓林。我们三个家庭都认识，三个人好得不得了。开保姆车的叔叔常常说：

"刘、关、张桃园结义，你们三个这么要好，就叫林、关、张吧。"

这位小男生长得非常俊俏，皮肤粉白。他是保姆车上唯一的男生，所以很受欢迎。虽然是小学生，但我们看电视剧看得太多了，人人都春心荡漾。一次，我和这位小男生在保姆车上跌在一块，自此之后，其他人便说我们是一对。

我有喜欢他吗？我自己都不觉得，但其他人都是这样说，我便开始怀疑他喜欢我。后来，他不知怎样激怒了我，我们从此不再和对方一起玩了。我很痛恨他。于是，我把他的名字写在一张白纸上，然后埋在一个树洞里，向着那个树洞大叫："我恨你！"几年之后，我再去挖开那个树洞，那张字条已经不见了。也许，它已经化成泥土。

那时我为什么会做出这种肉麻的事呢？现在想起来，也会全身起鸡皮疙瘩。本来不好意思说出来；但是我想，一些现在让我们起鸡皮疙瘩的事，也同时会是甜美的回忆。

咬碎了初恋

男人告诉我一个故事。他很喜欢弹琴,可惜小时候家里很穷,没法让他去学琴。那年他十五岁,有个朋友在琴行里当小工,因为要放假,便找了他去当替工。

难得有机会待在琴行里,只要钢琴没人用,他便自顾自跟着琴谱弹琴,补偿童年的失落。那时候,他遇到一个在琴行里教钢琴的女孩子。

她比他小一岁,有一把乌黑发亮的长发,青春姣好。他对弹钢琴的女孩子本来就有情结,那天更是一见倾心。等到她下课,他很自然地送她回家。

接着的几天,他总是等着她来,等着她下课,然后陪她走一段路回家。

两个人并排走在路上,当肩膀与肩膀有意无意碰撞的一刹那,他觉得自己已经在恋爱了。

夜里,当他躺在琴行那张狭窄的小床上,他总是一再回味她弹琴时那个美丽的背影和她偶尔抬起头时那张脱俗的俏脸。

这天,她如常来到琴行上课。当她羞怯地朝他咧嘴微笑的时候,却把他吓坏了——她竟然戴上了牙套矫牙!

那时正好有一部007电影上映,戏中的大反派就是钢牙。

一瞬间,他的初恋幻灭了。

那天以后,他再没有送她回家。

他永远记得,他的一段钢琴之恋,是被一排钢牙无情地咬碎的。

败给考试的爱情

公开考试，不但是个人成绩的考验，也是爱情的考验。

大学入学试的结果公布时，也是分离的时候。

一对情侣，一个考上大学，一个考不上大学，那么，再坚固的感情也会受到冲击。

从此以后，一个继续求学，一个进入社会工作，他们每天面对的事情也跟从前不一样了。考不上大学的那个，心里终究不是味儿。我们不想用学历去评定一个人，然而，事情临到自己身上，我们却会因为考不上大学而害怕失去对方。

即使今天不分开，将来，当他大学毕业了，也是会分开的吧？不用等三年，也许，明年他便会遇上一个比我好的同学。大学的入学试根本便是分水岭，我们的人生从此不一样了。

出来工作的那个，也会认为正在求学的那个太幼稚了。他更早在社会浮沉，成熟得快一点，他的大学生情人，便显得少不更事。两个人的距离愈来愈远了，大家的步伐也不同了。

年少的恋情，是多么的纯真和美丽，却敌不过一个公开考试。哭和难过，也没法挽回一段消逝了的爱。不是中学生和大学生的问题，两个大学生也会分手；而是，人生里，有太多时候，是形势毁了一段爱情。

足球比你重要

一个十六岁的女孩子说，和她同班的男朋友好像不大在乎她。他说，将来他的事业是最重要的。他甚至把踢足球的重要性排在她前面。

一个十几岁的男孩子。他热爱的任何一种活动，甚至他的朋友，都比女朋友重要，除非他是个老成的多情种子。

当女孩子想着明天穿哪件衣服去见男朋友的时候，男孩子心里想着的，却是明天的球赛。她总是嫌弃他肮脏的球衣和一身臭汗，却不能理解足球为什么比她重要。

年少的时候，爱上一个爱运动的男孩子，你便得有心理准备，他的队友比你重要，球赛比拍拖更令他兴奋。假如你爱的是个爱写诗的男孩子，那当然是另一回事。

羽翼未丰的男孩子根本不懂爱情。他们的承诺不足以相信。他们的爱，也是欠了点稳重的内涵。他对女孩子毫不了解，对他来说，她完全是另一种生物。当他了解的时候，他已经年纪不轻了。

人愈迟投入恋爱便愈幸福。他也许会一辈子怀念那些足球比女朋友重要的岁月，女人是烦恼的根源，当然，男人也是。

青春日子里的缺失

青春年少的日子，是应该谈恋爱的。可是，我们却为了应付考试而每天在灯下苦读。

常常收到许多中学生的来信，他们都正在面对公开考试，偏偏在这个时候，爱情也降临了。

很想很想谈恋爱，但是，因为谈恋爱而分了心，考不上大学，那怎么办？

遇到这些问题，我也只好说：

"还是努力读书，先应付了考试，然后再想其他的事情吧！谈恋爱的机会将来还有很多呢！"

其实，我多么不愿意这样回答！

花样年华不去谈恋爱，难道等到一把年纪才去花前月下吗？

十几岁的时候，是应该尽情去恋爱的。然后，到了三四十岁，当你不再像年轻时那么相信爱情，当你能够一个人过日子，也懂得享受孤独的时候，才是读书最好的时光。

这段日子，你的智慧和你的体力，最适宜在灯下读书。

十几岁的时候，血气方刚，对一切都充满了好奇，我们却要寒窗苦读。我们所走的人生，是不是有些倒转了？

可是，谁叫我们活在这个社会呢？这是一个需要功名才可以谋生的社会。读书不会致富，但是，多读点书，将来才有更多的机会。我们只好等到老一点才去拼命地恋爱，补偿我们在青春日子里的缺失。

少年时候的烦恼

常常收到一些小读者的来信，他们的快乐、哀愁和烦恼，不外乎以下这些：

这个学期，他心仪已久的一位女同学调到他旁边坐。他和她很谈得来，引起其他男同学的妒忌。

她暗恋的那位男生，今天参加篮球比赛时，突然回头向坐在观众席上的她微笑。她心花怒放，整晚睡不着觉。

男同学借功课给她抄，又替她补习数学，他是喜欢她吗？可惜，他的样子长得比较难看。

一位男同学常常和她抬杠，又在别的同学面前批评她。可是，只有两个人的时候，他却害羞得什么也不说。他是不是爱上了她？

一个男生说喜欢她，可是，他同时又喜欢隔壁班另一个女孩子。应该相信这个花心萝卜吗？

有一位女同学，无论读书、运动和音乐都很出色。他唱歌时，她还为他钢琴伴奏。可是，她好像已经有男朋友了……

一天，看一封读者来信的时候，我终于忍不住大笑起来。一个念中七的男生和同班的一个女同学恋爱。他告诉我："我知道我们是会结婚的。"

如果人生永远只有少年时候的快乐、哀愁和烦恼，也是一件很幸福的事。

"三草定律"与"三花定律"

福建的大学生流行谈恋爱，校园里，全是一双一对的情侣。恋爱流行，所谓恋爱经自然也流行起来，没有恋爱经验的学生纷纷向恋爱经验丰富的高年级同学请教，一群高年级同学于是提出"三草定律"。所谓"三草定律"是：

兔子不吃窝边草　好马不吃回头草　天涯何处无芳草

大学生谈恋爱，对象绝大多数是自己同学，怎能不吃窝边草呢？

回头草也不一定不好，要看那株草值不值得回头。

天涯何处无芳草倒是对的，无谓留恋一段已破裂的感情，在某个角落，总有一个人适合你。

有花有草，光有"三草定律"是不够的，不如多来一套"三花定律"：

路边野花不要采　花开堪折直须折　到处杨梅一样花

一名香港男子在中山包二奶被判监一年，正是路边野花不要采。

女人的青春有限，耐性有限，男人喜欢一个女人，便要珍惜，花开堪折直须折。

天下的女人都是一样的，所谓到处杨梅一样花，男人不必经常更换身边的女人。

"三花定律"，愿与福建同学共勉之。

健硕的珍

E读中一时，身高四英尺[1]十一英寸[2]，体重八十五磅[3]，同是读中一的珍却身高五英尺十英寸，体重一百三十多磅。珍是全级最健硕的女孩子，健硕的珍像一头狒狒，身手矫健，爱参加各项体育活动，推铅球、掷铁饼这类极需要体力的运动更是珍的强项。珍骄傲自大，爱欺凌弱小。

一次，上英文课，老师还没有来，大家忙着查字典，同学将一本差不多有五英寸厚的大字典传到E面前，E连忙翻查字典，这时，一个庞大的身影在E面前出现，是珍。珍一手夺回字典，骂E："这本字典是我的！你敢用！"

那天放学后，E回家问父亲拿钱买字典。到了书局，E跟店员说：

"我要一本最大的字典！"

翌日，E背着那本差不多等于自己体重二十分之一的字典回到课堂，故意重重地放在台面，向珍示威。中一之后，E没有与珍同级，毕业后不久，她听说珍嫁人了，没想到她竟然嫁得出去。

十数年后的一天，E已长高至五英尺六英寸，体重不便透露，未婚，事业有成。

---

[1] 英尺：英制长度单位。1英尺约为30.48厘米。

[2] 英寸：英制长度单位。1英寸约为2.54厘米。

[3] 磅：英制重量单位。1磅约为0.45千克。

　　一天，是公众假期，在一个喷水池旁边，她碰到了珍一个人带着两个孩子逛街，她的生活看来并不富裕，她容颜憔悴。

　　在远处看到珍的时候，E 竟然觉得高兴，一个曾经横行无忌的女人终于也输给际遇。

　　E 把这件事告诉我，因为她事后又为自己的高兴而内疚。

　　大部分人，都会输给际遇。

一生的较量

在餐厅里碰到她，她挺着大肚子说："这已经是第二胎了。"

"你为什么不找我？"她埋怨我。

"找过了，找不到，不知道你是否还住在那里。"我解释。

我们匆匆交换了电话，她曾是我最好的朋友，但似乎我们都知道，她不会找我，我也不会找她。我们曾经很微妙地喜欢同一个人，那是一根永远拔不掉的刺。

我害怕跟她一起的日子，我总是交上噩运，生活潦倒。每次拿起电话想打给她，便告诉自己："还是不要了，现在运气好。"

我曾经像放弃一袭每次穿上都令我倒霉的黑色裙子一样放弃她。读书的时候，我们曾经在无数个晚上通宵达旦谈心，那些日子已经很遥远。

最后一次见面，是四年前在她的婚礼上，她选择了一个跟她毫不匹配的男人。

我认为多情的她不可能甘于平淡，在未重逢之前，每一次想起她，我都认为她应该已经离婚。

今天，竟然碰到她，变成一个少妇，挺着大肚子，不修边幅，不再像从前那么美丽。

在重逢的一刹那，我们都迫不及待展示自己的幸福，她告诉我她快要搬家了，那是一个高级住宅区。我很厌恶这种心态。

然而，两个女人，只要曾经喜欢过同一个男人，她们一生都会互相比较。

爸爸，请不要再早到

很怕跟父母约会，他们总是到得特别早。

约好了一点钟在酒楼饮茶，十二点十五分已经收到他们的电话说："我们已经到了，你不用急。"

结果唯有匆匆赶去，到了，发现他们干坐着等我，点心也不肯叫。

父亲节那天，约好一点三十分回去接爸爸，因有事要晚一点才到，一点钟打电话回家，妈妈说："他已经在楼下等你。"

一旦跟年老的父母约会，压力无比沉重。

人老了，睡得特别少，时间好像过得特别长。儿女整天在外头，难得见面，一旦跟儿女约会，老人家便特别兴奋，心情犹如年轻时跟情人约会。

约他们喝早茶，意思是早上十一点钟，他们凌晨五点已经起床等候。约他们吃午饭，他们清晨七点钟就起来准备。约他们吃晚饭，他们下午三点钟就准备出去。说好回家吃晚饭，更不得了，他们前一晚就开始煲鱼翅。

抽空回去跟父母吃饭，本来觉得自己很孝顺。他们过早的等待和热切的盼望，却忽然使我觉得自己不孝。

父母余下的日子应该比我少，我的时间应该是比他们多的，但是每次见面，总是令我觉得，我的时间太少，而父母的时间太多。

一回，约好爸爸吃晚饭，因赶不起稿，打电话给他说要改期，他在电话那边说："不要紧，不要紧。"原来他特意去剪了一个头发。

　　有时候，我宁愿爸爸像年轻时一样，我永远不知道他什么时候回家。

爸爸的体积

冬至的那天晚上，我和家人在外面吃饭。那天的气温只有六度，爸爸身上穿的外套是十多年前买的。老人家对旧衣服有特殊感情，但我看不过眼，决定要做一次圣诞老人，吃完饭后，带他去买新衣。

来到百货公司，我和妹妹为他选了许多外套、毛衣、大衣和裤子。他看了看售价，说："不买！不买！太贵了！"售价哪里是贵，是他不想我花钱罢了。我和妹妹不住地游说他：

"爸爸，你穿起来看看吧，这件外套很好看呀！"妹妹说。

"是呀，看起来年轻了十年！"我说。

售货员小姐也加入游说："现在有七折呀！"

最后，爸爸终于肯去试试那些衣服了。

我以为他穿中码，怎知道他要穿小码。爸爸不是一向很高大魁梧的吗？小时候的我，一直是这样觉得的。那时我最爱穿爸爸的衣服。因为他的衣服很好看，都是蓝色和灰色的。那些衣服，穿在我的身上，虽然大了一点，但很像清爽的大男孩。我就是喜欢这种打扮。

我心中的爸爸，是很高很大很横的。今天晚上，当他拿着衣服满心欢喜地走进试衣间的那一刻，我静静地望着他的背影，怎的他的"体积"忽然变小了，是他老了，人也缩小了，还是因为我从前太小？

爸爸难过儿女关

有人说情关难过，愈来愈觉得，情关不难，最难过的是儿女关。有些男人过关斩将，谈笑用兵，见一个爱一个。有一天，当他成为爸爸，便完全失陷了。

在儿女面前，他整个人可以软得揉成碎片。孩子发烧瘦了两三磅，他看着比失恋还难过。他巴不得天天把孩子放在大腿上，从前，他多么爱一个女人，也忍受不了时时刻刻被她黏着，他会严肃地告诉她，什么是空间。

多么谦逊理智的男人，也会认为自己的女儿是世上最漂亮可爱的，自己的儿子是最聪明或善良的。当他还是别人男朋友的时候，他少不了撒一点谎，赞美自己所爱的女人。对于儿女，他却是衷心的。那份信念，无坚不摧。

男人不会捉住同事，告诉他，自己的女朋友多么迷人，他却会捉住一个路过的同事，告诉他，他家两岁女儿昨天说了一句很窝心的话。

男人不一定愿意把女朋友的照片带在身上，但他却会随身带着孩子的照片，甚至是生活录像，准备随时向朋友展示。这种爱，简直爱到泛滥成灾。

男人一生最疯狂的迷恋是对自己的孩子，而不是对女人，难怪有些女人想为男人生孩子。但是，清醒的女人会跟男人说："你像爱女儿一样爱我，我才会考虑替你生孩子。"

爸爸的味道

每个人身上都有一种独特的气味，日子久了，那种气味就代表他。

F说，他爸爸是一家海鲜酒家的厨师。小时候，每晚爸爸下班回来，他都嗅到他身上有一股浓烈的腥味。他们住在一个狭小的房间里，爸爸身上的腥味令他很难受。他和爸爸关系很差，考上大学之后，他立刻搬出去跟朋友住。两父子每年只见几次面。

后来，他爸爸病危，躺在医院里。临终的时候，他站在爸爸的病榻旁边，老人家身上插满各种管子，加上医院里浓烈的消毒药水味道，他再嗅不到小时候他常常嗅到的爸爸身上的那股腥味——那股为了养活一家人而换来的腥味。他把爸爸的手指放到自己鼻子前面，可是，那记忆里的腥味已经永远消失。那一刻，他才知道，那股他曾经十分讨厌的腥味原来是那么的芳香。

爸爸走了，他身上的腥味却永存在儿子的脑海中，变成了愧疚。F说，他不能原谅自己小时候曾经跟同学说："我讨厌爸爸的味道。"

他记得他有一位同学的爸爸是修理汽车的，每次他来接儿子放学，身上都有一股修车房的味道。另一个同学的爸爸在医院工作，身上常常散发着医院的味道。爸爸的味道，总是离不开他的谋生伎俩。爸爸老了，那种味道会随风逝去。我们曾否尊重和珍惜他身上的味道？你爸爸是什么味道的？

寻找会吹口哨的男人

童年时，常常听到爸爸吹口哨。心情愉悦的时候，他会吹一串音符，我不知道是一首歌的其中一段，还是他随意吹的，他又会牵着我的小手，一边走路一边吹给我听。

我一直以为每个男人都会吹口哨，原来不是的。

一天，忽然很怀念爸爸的口哨，于是，我在想，我认识的男人之中哪个会吹口哨呢？想起一位做音乐的朋友，他应该会吹口哨吧？大清早拨电话给他，凌晨四点钟才上床睡觉的他，被我吵醒了。

"你会吹口哨吗？"我问。

"吹口哨？我不会。"

"你是做音乐的，竟然不会吹口哨？"

"我真的不会。"他努力在电话那一头吹出几个刺耳的音符。

"你可是两个孩子的爸爸呢！你连吹口哨也不会，怎样哄女儿？"

"所以，我不是个好爸爸。"他可怜地说。

"那么，你爸爸会吹口哨吗？"

"他也不会。"

"你是男人吗？"

"我不太像男人。"

我以为每个男人、每个爸爸都是会吹口哨的，是我错了吗？

好想寻找一个会吹口哨的男人。

妈妈做的东西好吃？

许多人爱夸耀自己妈妈做的东西好吃，我很怀疑其中多少人说的是真话。

有位朋友常常说他妈妈做的小菜好吃，终于等到他邀请我们回家吃饭。他妈妈做的小菜只是很普通的菜，没他说得那么精彩。

认为妈妈弄的食物是全世界最好的，那是一厢情愿罢了。这方面，我非常清醒，我妈妈做的东西很难吃。每逢节日，我们都宁愿上馆子吃饭，那么就不用吃妈妈做的菜。妈妈一说要亲自下厨，我们都吓得作鸟兽散。

十多年前，舅父病重，在医院住了很多天，医生说他快不行了。一天，他在病榻上忽然说好想吃红烧元蹄，要我妈妈做一只元蹄带到医院给他吃。虽然明知道不应该让他吃肥猪肉，妈妈还是亲自做了一只红烧元蹄带去给他。

这件事还是前几天舅母告诉我的。我暗暗佩服舅父的品位，我妈妈做的菜都不好吃，唯独那一道红烧元蹄比较好。舅父病得糊糊涂涂，这方面倒十分清醒；况且，病人吃药吃得多了，味觉早就失去，已经分不出各种味道。临终前忽然好想吃一种食物，吃的不是味道，而是对尘世的眷恋。

最初的几件衣服

今天，偶尔还会想起初出来社会工作时买的几件衣服：

那条灰色半截裙老套极了。

那件黑色短外套实在是衣不称身。

那个皮包难看极了，当时怎么会认为很漂亮呢？

还有那时的发型、那时的化妆，今天看来都太糟糕了。可是，当时却觉得上班是应该穿成这样的：套装、丝袜、一英寸高的鞋子。

每个人都有这些经验：在成为上班族之前，很小心谨慎地挑几件能代表自己个性的衣服，这些都是无可避免的投资。

隔了许多年月之后，从前的老套变成了有趣的回忆。第一次买的上班服，总是太老成了一点，品味也见不得人。男人买的第一套西装和女人买的第一套套装，代表的是人生另一个阶段。我们带着几件仅有的衣服去闯荡新天地，满怀兴奋，也有点战战兢兢，于是用衣服使自己看来成熟和世故一点。

许多年之后，我们才找到适合自己的衣服。我现在是绝对不会穿套装的。即使是冬天，也不会穿丝袜。会穿成这样的，根本不是我。

寻找自我和自信，原来也有一个过程。一生之中，我们买过许多衣服，有些印象深刻，有些已经忘记了。每一件衣服，都是当时的自我，组成了过去，也改变着将来。最初的几件上班服，虽然不堪回首，却在记忆里悠长。

回去的欲望

人有时候会有一种"回去"的欲望，想回到生命的某段时光，某个情景。

比如，我常常想象自己回到中学，预科那一年。我再次穿上蓝色的校服，又变回年少的我，在我待过的那个课室上课，连从前极讨厌的科目，我也不再逃避。

然而，自从毕业以后，我再没回去过。最近，我的中学庆祝一百三十周年校庆，寄了一本校庆特刊来给我，更有一位没留下姓名的读者，知道我是那里的毕业生，非常有心思地送来一份校庆晚会的场刊给我，并告诉我，当天的主礼嘉宾在致辞时提到了我的名字。

而我终究没有回去，因为我已经不是年少时的模样。

有时候，我会想象自己回到电视台。那是我第一份工作，为我提供了学费，让我半工半读。我的一些旧同事还在那里工作，我常渴望回去跟他们一起去吃午饭，下班后，再去咖啡馆聊天。回到某个情景，然后找回当时的自己，再俯视今天的自己，这种欲望从未止息。然后，我又渴望回到某段爱恋的时光，那时比较简单，那时比较稚嫩，那时我比较不那么自我。

回到人生的某个阶段，不是要修补一些什么，只是想去重温一种简单的快乐。隔了年月的距离，从前的场景都在回忆的聚光灯下变成五彩幻影。

我没回去，也回不去了。我们都知道，这只是一种怀旧的感情，只能远观。

逝去时光中的自己

突然发觉，原来我们是不记得自己从前的样子的。我们只是从旧照片中"知道"自己当时是什么模样。虽然天天照镜子，可是，我们很快便忘记了昨天的自己。

你能够形容自己一年前的容貌吗？除非改变很大，否则，你也和我一样，只能微笑摇首。谁能回忆逝去时光中的自己？

年少时，因为比较喜欢妹妹的样子，我把妹妹的照片放在钱包里，告诉别人，这是童年的我。老师和同学看到照片，露出一副不太相信的表情，说："是吗？这个不像你啊！"

我妹妹总会有几分像我吧？怎会不像？后来才明白，我们不相像的是气质。她很文静，我很粗鲁。

我也送了一张照片给妹妹，那是我很喜欢的一张，因为照片里的我看起来很乖。后来，我忘记了我把照片送给了妹妹，我一直找一直找，以为遗失了。许多年后的一天，跟妹妹提起，她说："你送了给我，但我把照片撕掉了。那时候我很妒忌你，爸爸妈妈疼你，你什么都比我好。"

我有点难堪。直到今天，我也没有告诉她，我曾经拿了她的照片冒充是自己，她不知道当时我有多么羡慕她。我惋惜的，是再也看不到那张照片，没法回忆当时的自己，而我的确已经忘记了。

不再无限的可能

　　年轻的其中一个好处，是相信有无限的可能。

　　可以浪掷的青春是如此悠长，有什么是无可能发生的呢？

　　只要有一个异性对你微笑，你便会相信自己跟他有发展的可能。在第二次见面之前，你已经把两个人之间的事幻想了不知多少遍。即使最后成空，也不会沮丧。

　　除了年轻人，谁又会把一个微笑想得那么遥远？

　　当你失恋的时候，你在悲观之中却也看到一线曙光。谁说你不会遇上更爱你的人呢？那个不爱你的人是愚蠢的，他抹杀了你所有的可能性，他竟然不知道你会变得更好。

　　当才华被赏识的时候，你会马上变得雄心壮志，以为这个世界是你的。那个时候，没有不可能的爱，没有不可能的婚姻，也没有不可能的梦想。

　　年事渐长，当一个异性对你微笑的时候，你竟然会告诉自己："还是不要胡思乱想了！"即使不是如此，你也会好好考虑一下这个人是否适合你。然后，你又告诉自己："其实，每个人都是差不多的，还是不要自找麻烦了！"

　　失恋的时候，你会埋怨为什么不是早一点失恋。

　　你比从前了解爱情，却也因为看得太透彻了，有时会觉得疲倦和无望。你不再骄傲地以为这个世界是你的。听到别人的赞美时，你会怀疑他是在奉承你。

　　一天，当我们蓦地抬头，看到时光青鸟翩然飞过，振翅却已转弱，我们也不得不承认，所有的可能性都有了限制。

凡尘以外的味道——毛蟹粥

到札幌市一家叫"蟹将军"的馆子吃北海道毛蟹。我们叫了一个蟹锅，先来一碟绿色的蟹膏，带点腥味，我最喜欢。接着来了一碟豆腐，上面放了蟹肉，味道不怎么样。再来的两只蟹肉烧卖，真是美味，可媲美"鼎泰丰"的烧卖。据说吃未煮熟的螃蟹很危险，因为螃蟹身上有虫，那种虫会侵蚀脑部，但是，那一小碟毛蟹刺身入口立即溶化，我冒着生命危险把它吃光，反正生死有时。

吃过这一大堆前菜之后，便吃火锅，火锅材料有毛蟹、黄芽白、冬菇、洋葱、粉丝、豆腐、年糕。吃完火锅，肚子饱得不能动弹，女侍应把锅里的剩料捞起，留下煮过毛蟹和蔬菜的清汤，加一大碗饭，打一只鸡蛋进去煮烂，再加上葱花和紫菜，煮成一大锅粥。

原来，整晚最好吃的就是这一锅粥，离开北海道，一直都怀念那碗粥，就像喝红酒的人所说的"回甘"。

想起也觉得好笑，花钱吃了一顿蟹宴，在味觉的回忆里停留得最久的，却是最后也最便宜的那一碗粥，那碗粥至清至甜，岂似出自凡尘？

也许，当我们拥有过最璀璨缤纷繁华的东西，才懂得欣赏一碗粥的朴素。

体味凡尘以外的味道，毕竟需要先白一些头发。

梦想那不可能之梦想

一天，跟朋友聊天的时候，突然想到一个很好的点子。隔天，我四处去打听这件事可以怎样进行。那是个疯狂的想法，成功了会很美好，只是，过程并不容易，我也没有经验。然后，一位朋友对我说："你不是富翁，不是只拿自己一点点钱出来玩玩，所以要想清楚啊！梦想归梦想，有些事情还是要现实一点的！"

那一刻，我说："我知道的，这只是个想法，我并不急于实行。"

而其实，我心里却有一个声音说："为什么我不可以梦想那不可能之梦想？"

中一时，英文科其中一本必读的书是塞万提斯的《堂吉诃德》。可惜，老师当时只是用它来教我们文法，没有好好跟我们分享故事的精神。《堂吉诃德》对一个少女来说，或许深奥了一点。直到长大后重读一遍，我才明白它写的不是一个疯子。

要经历过人生许多事情之后，我才爱上堂吉诃德，并且为他流泪。他说，我们要去梦想那不可能之梦想。要多少年后，我才被这一句话感动？当别人告诉我事情有多困难的时候，我会用这 句话来勉励自己。当别人告诉我明天有多么悲观的时候，我也用这句话米安慰自己。

当别人告诉我不要再做白日梦，我会偷偷在心里把这句话念一遍。

幻想中的寻宝地图

不知道是不是因为小时候看了太多电影和小说故事，直到今天，我依然相信世上是有寻宝地图这回事的。

谁没幻想过自己有一天无意中得到一张寻宝地图呢？

我印象中的寻宝地图应该是这样的：已经陈旧斑黄，纸质粗糙，而且也画得十分简陋。

那是个什么样的宝藏呢？人在不同年纪，会想要不同的宝藏。

童年时，我幻想那个宝藏是一个笨重的大铁箱，箱子里面没有金银珠宝，而是一盏尘封了的神灯，神灯里住着一位灯神，可以给我三个愿望。第一个愿望，我想坐着飞毯飞到天上；第二个愿望，我想灯神替我做功课；第三个愿望，我想再有另外三个愿望。

长大之后，我幻想那个宝藏是一个华美的箱子，上面镶满了稀有和名贵的宝石，箱子里面，是我一生也花不完的财宝。

年纪大了一点之后，我幻想那个宝藏除了用之不竭的金银珠宝之外，还有一段永恒的爱情。

今天，我偶尔仍然会幻想自己拥有一张藏宝地图。那个宝藏，不再是什么稀世奇珍，而是快乐。我不是不想变得富有，我只是更渴望得到快乐。我们想要寻宝地图，不过希冀不劳而获。有没有不劳而获的快乐？

放风筝的愿望

朋友问："你有什么愿望？"

我说："我的愿望是放一次风筝。"

"放风筝？"他觉得这个愿望太微小了，不像一个愿望。

是的，我很想放风筝，因为我从来没有成功放过一次风筝；或者应该说，我从来没有放过风筝。

小时候，我拉着一只断了线的风筝在街上奔跑，风筝被风扯着，我走在前头，风筝走在我后头。这就是我"放风筝"的经验。

每次听到男人们说起儿时放风筝的经验，我都很羡慕。他们会带着线轴和风筝到天台去，把风筝放到天上，放到很远很远，几乎是眼睛看不见的地方。日落了，他们才用线轴把那只在天空遨游了半天的风筝收回来。这才是放风筝。

万一有一天，对面天台另一批放风筝的顽童用玻璃线把他们的风筝割断了。他们会躲起来，秘密制造一卷非常锋利的玻璃线，然后向顽童们的风筝报复。

几年前，每个星期天下午经过西贡，都看到大批游人在海滩上放风筝，我本来说过改天也要去放风筝的，可是，后来就忘记了。

风和日丽的日子，我又记起了我的愿望。这个微小的愿望，不知哪一天才可以实现。有谁愿意陪我去放风筝？

假如可以从头来过

你曾经有过这种遗憾吗,事情发生了一段日子之后,你想,如果让你重新处理,你会处理得比当天好一点?

你当时太不成熟了。也许,你太天真,太年轻,太意气用事了。当时为什么那样固执呢? 今天回首,那件事情并非那么严重。

你没有做错,但是,你可以不用那个方法去做,结果也会不一样。

假如可以从头来过……

失去的友情,已经不可能挽回。

当时失去的东西,也已经不可能复得。

后悔,本来便是成长的副产品。

当你一天比一天成熟,你自然会后悔自己昨天所做的事。啊,原来你可以做得好一点。直到一天,你不再为昨天后悔,你才是真的成熟了。

我们虽然不再后悔,却仍然会遗憾。我们一再对自己说,当时是可以有另一个方法处理的。遗憾,其实又有什么意义? 检讨,才有意思。从今以后,相同的事情发生,你会聪明许多。

况且,事情已经过去了,根本就没有机会让你用今天的智慧去重新处理昨天的事。

你可以爱我

　　二十岁的时候，我们总以为自己的将来是简单而幸福的。我们问自己爱的那个男人：

　　"将来你会娶我吗？"

　　看见他点头，我们感动得掉下眼泪来。

　　二十五岁的时候，我们身边换了另一个男人。当他问：

　　"你会嫁给我吗？"

　　我们只是微笑看着他眼睛的深处。这个问题太傻了。谁知道将来的事呢？我们想起，在更年轻的时候，我们不是也问过身边的男人类似的问题吗？原来我们也曾经这么傻。

　　三十岁的时候，我们身边又换了一个人。可是，我真的怕他向我求婚。除了爱情，人生原来还有很多值得珍重和值得我们为之奋斗的东西。我才不要结婚、生孩子，然后带孩子，这不是我要走的路。

　　三十五岁的时候，忽然有人向我求婚，我会微笑着说："现在这样不是很好吗？"

　　四十岁的时候，我们重新去反省，到底什么是爱？我爱你的话，我会给你自由，让你也去爱其他人，只要你最爱的是我，我便会感到幸福。

　　五十岁的时候，母性发作，真的希望有一个年轻小伙子问我："你会嫁给我吗？"

　　我不嫁给你，但你可以爱我。

不要太早有承诺

男女之间，还是不要太早有承诺比较好。

两个人都很年轻，不用那么快便有承诺。

两个人的爱情还很年轻，才刚刚开始了不久。这样的话，也最好不要有承诺。

年纪愈轻，承诺不能实践的机会也愈大。一个十九岁的男孩子许誓要跟他十八岁的女朋友厮守终生。这个承诺会有多少机会兑现？

一个二十六岁的跟一个二十四岁的说："我会永远爱你。"这样的承诺，许多年后，也许只是笑话一个。

年轻的日子，还是好好地享受爱情吧，不要把承诺当真。

年轻的时候，承诺的同义词是谎言。

即使你不算年轻，若这段感情才开始了不久，那最好也不要许什么承诺了。承诺是美丽的，却也是累人的。

大家一起还不够一年，就说将来要怎样怎样，这不是太天真吗？你们又不是第一次谈恋爱。谁知道明天会发生什么事？还是沉默比较聪明一点。

恋情刚刚开始的阶段，也是最甜蜜的时候。这个时候，最好不要对对方有任何的要求。没有要求的爱，才会奔放一点。承诺便是要求。有了要求，便会有失望。

在人生大部分时间里，承诺的同义词是束缚。奈何我们向往束缚。

送我一枚戒指

十几岁的时候，很渴望收到自己喜欢的男人所送的戒指。戒指是所有饰物之中最有象征意义的。一枚戒指，代表了我在他心中的地位。可是，那个时候，我从来没有收过男人送的戒指。

后来，糊里糊涂地喜欢一个人。从一开始就知道会分手，然而，我一直渴望分手时他会送我一枚戒指，让我永远留住这段记忆；可惜他没有那么慷慨。

短暂地爱过的几个人，也从来没有送我戒指。男人大概是不肯轻易送戒指给女人的吧？他们会送一块手表或者一条手链，却聪明地避开一枚戒指。戒指在一段关系之中太沉重了，它代表一个诺言。

那个时候，也并不是我想要一个天长地久的承诺，只是觉得男人送戒指给女人，是对她的礼赞，是很浪漫的。收了他的戒指，并不代表我会嫁给他。我所向往的，也许是收到戒指那一刻的幸福，还有就是分手时可以狠狠地把戒指掷回给他的潇洒。

当我长大了很多之后，我开始收到男人所送的戒指。喜悦过去之后，原来会是害怕。一枚戒指，套住的不是 个人，而是两个。我们为一个承诺感动，却也害怕承担一个沉重的盟约。

求你不要再送我戒指了。它在一个少女和一个女人心中的意义，是不一样的。

我不知道我想怎样

曾经以为，最可怕的事情是不知道对方想怎样。

他心里到底在想什么呢？他爱我还是不爱？他爱谁多一点？

他想和我一起吗？他说的都是真话吗？

他希望我怎样？

他的将来，有没有我？

但愿我能知道他心里所想的一切，我便用不着如许彷徨。

当我实在猜不透的时候，我只好问：

"你到底想怎样？"

他的答案模棱两可。自此之后，我发誓我要好好地爱自己，不再苦苦猜测对方想怎样。

然而，有一天，我才发现，不知道自己想怎样，才是最可怕的。

你问我到底想怎样，我自己也不知道。

我从来不曾这样失去方寸。我不是想拖延，也不是想骗你，我的确不知道自己想要什么。

你苦苦追问，我还是没法给你一个满意的答案。这一刻，我猛然醒悟，当天我问别人"你到底想怎样"的时候，我是多么地年轻。

年轻的好处，是可以轻易把责任推在别人身上。原来，当我们长大了，不再那么年轻，才颓然发现，最可怕的，不是任何人，而是自己。

美丽而遥远的信念

你曾否相信，两个相爱的人是可以排除万难的？

不曾有过这样的信念，证明你不曾年轻过。

可是，如果一直相信的话，也证明你太天真了，你还没有长大。

年少的时候，有谁不曾坚持过爱是可以排除万难的？只要我们相爱，便能够冲破所有的障碍。

我也相信爱可以排除万难；只是，万难之后，又有万难。这是我更相信的。

相爱的时候，你明知道跟他是没有将来的。然而，你们的爱战胜了一切，终于有了将来。

以为可以地老天荒，可是，又有万难。

假如两个相爱的人永远不会长大，永远不进步，永远不会遇到更好的人，思想也永远一致，那么，他们之间，是一点困难也没有的。可惜，这是不容易的。

当我们再遇到困难时，却已经失去了从前那份冲破万难的勇气。我们无力，也再无斗志。那一刻，我们多么怀念从前的自己？

那个相信爱可以排除万难的你，那个相信爱是无所不能的你，只能够在记忆中回味那个美丽而遥远的信念。

我们有什么可以计划呢？

一向很佩服那些做事按部就班、计划周详的人，我压根儿就不是这种人。

他们谈情说爱时也是有计划的。大家说好了什么时候买房子、什么时候结婚、什么时候生孩子、什么时候可以换一套大一点的房子、什么时候退休。

能够平平稳稳地过完一生，那当然是幸福的。

为什么我从来没有这种想法？

工作可以计划，然而，感情却往往在计划之外。

除了工作之外，我总是觉得一切都很短暂。爱情、友情，看似长久，有时候，却只是刹那光景。

在工作上，你能够有许多目标和理想。在情人身上，你能够有些什么目标呢？今天爱得难舍难离，他恨不得穿过你的身体，你恨不得把他吞进肚子里。然而，到了明天，你和他也许还会爱上别的人。再见时，猛然回首，过去的感情，即使有五年或十年那么长，也短暂如朝露。

但凡会失去的，便不能说是日久天长。

我们有什么可以计划呢？所有的计划，不过是与人生无常角力。胜负得失，不在于你的计划有多完美。

永远爱一个人

假如有人对你说"我永远爱你"，你是否会相信呢？

我想不到有什么理由不相信。

无论将来变成怎样，那一刻，我们会愿意相信这个承诺。

是否相信有永远的爱，那又是另一回事。

有人问："那你是否相信有永远的爱？"

我相信的。然而，永远的爱，也是会变的。

你也许永远爱一个人，或永远被一个人所爱。但是，爱的成分会在年月中改变。

爱不是只有一种。当你成长，当你经历愈来愈多的事情，你对爱的体会也会不一样了。

从前所相信的永远，是永远炽热地爱一个人。后来的永远，也许是从炽热走到平淡。因为平淡，才可以长久。然后，所谓永远，有一天又会变成互相依存。

我们曾经坚持把爱和喜欢分开。爱是比喜欢美丽许多的。一天，我们开始相信，不必把喜欢和爱分开。

喜欢也是一种爱。

正如，永远的依存，也是永远的爱。

我希望我能够相信有一个人永远爱我。

236

永为你年轻

　　男人的终极胜利据说是看到一个当年拒绝他的女人变得又老又丑。那时候，她年轻貌美，没把他放在眼里，怎会料到若干年后，这两个人再次遇上，他却差点认不出她来？看见他时，她显然有点自惭形秽，一瞬间，男人脸上浮现胜利者的微笑。

　　男人的终极深情据说也是出现在女人变得又老又丑的时候。两个人深深相爱的日子，他答应她："即使有一天你变得又老又丑，我还是会像现在这么爱你。"她知道这是甜言蜜语，每个男人都会说这种窝心话。时光飞逝，当她年老，失去了以前的风采和美貌，他并没有食言，依然那样呵护她和爱她。

　　然而，老了不一定会变丑。为了我们曾经拒绝和深深爱着的男人，我们会努力老了而不丑。

　　要用不自然的方法留住青春吗？那可以每隔三到四个月注一次肉毒杆菌，眼部四周的皱纹和额上的皱纹便会消失。你还可以做拉皮，接受激光或彩光手术来去除脸上的色斑。

　　没有胆量，也不喜欢以上方法的，也有别的选择。我已经想好了在逐渐老去的日子该穿哪个品牌、哪些款式的衣服，使自己看来优雅而比实际年龄年轻三到五岁。运动是不可缺少的，绝不能让自己发胖。书要看得更多，智慧是老去的补偿。最重要的，是追求灵性的进步。衰老无可避免，我们自己的容貌，却还是自己的责任。

　　下一次，当你所爱的男人对你说："即使有一天你变得又老又丑……"你可以微笑说："我答应你，我不会变丑，而且会努力为你年轻。"

两个人的无聊

有男人说，非常受不了他女朋友每次跟他一起旅行时都买很多无聊的东西。女人，也许就是那种爱买无聊东西的生物。

日本女作家田口蓝迪在她著的《裙子底下的秘密》一书里说，有一次，她很想要一个企鹅布娃娃，不为什么，就是很想要，她身边的男人却不肯买，还说：

"买那个干吗？要买就买更好的。"

这件事，她一直记恨。

松田圣子也说过，在夏威夷的街上闲逛，前夫买一些不值钱的玩意儿给她时，是她最高兴的时刻。她说，那一刻，她内心浮出一个感想：跟神田正辉结婚似乎也不错。买无聊的东西，并不是因为无聊，只是一种回到孩提的欲望吧。想要一样东西，马上就想拥有，想要的，正是那一刻的任性。

想男朋友买点无聊的、不值钱的东西给自己，比如一个布娃娃、一只毛毛熊、一个可爱的钥匙圈或者一只有趣的发夹，也同样是一种孩童的欲望。我就是想要这个，很想你纵容我一下。我不要更好的，只要此时此地。假如身边的男人这时说"买那个干吗"，女人也许会觉得很沮丧。

爱情正是由许多无聊的小事组成的。有一天，我们想念一个人和一段感情，令我们会心微笑的，也许正是一起时某个无聊的时刻。

一个人的无聊就只是无聊，两个人的无聊却成了爱情的化学式。

最坏的一种理由

　　结婚可以有很多种理由，但最坏的一种理由是两个人一起觉得很闷，希望结婚之后不会那么闷。对不起，情况只会更糟。已经消化不良了，再吃一顿丰盛的，你猜会立即变得肠胃畅通了吗？只会更加消化不良。

　　我们从来不会以为消化不良的人再吃多一点就会肠胃畅通，可是，多么聪明的人也曾以为结婚可以打破闷局。

　　好些人自我安慰："结了婚，他就会改变""结了婚，我就会跟现在不同""结了婚，大家都会成熟一点，不会像现在这样"，大家抱着幻想结婚，结果真的走进了坟墓。

　　婚姻从来不是一帖灵药，它并不能治好两个生病的人。

　　婚姻是承担和誓言，是比独身更艰巨的生活，只有健康的人方可以负担。

　　不要期望用婚姻来改变爱情，只能期望用爱情来改变婚姻。

　　两个爱得很闷的人，背城借一，走上婚姻之途，结果发现婚后比婚前更闷，回头太晚，这两个失败的人，只会互相怨恨，直至分手。

　　两个人一起太久，觉得沉闷，以为结婚之后就不会那么闷，这样想的人太天真。

　　两个人结婚之后，觉得沉闷，以为离婚后不会那么闷，则有可能是真理。

十年之后，我还是会爱他

曾经有一个女人告诉我：

"我嫁给这个男人，因为我知道，十年后，我仍然会仰慕他。"

十年，是短还是长？

无论你多么仰慕一个男人，跟他共同生活之后，你会发现，他也不过是一个凡人。到了第十一年或以后，当他江郎才尽，你是不是就不再爱他？

十年太短了。

因为仰慕一个男人而嫁给他，到头来，你也许会失望。他又不是万世师表，怎么可能说每一句说话都充满智慧，无时无刻都在鞭策自己上进？

男人的才华和女人的青春，都会退步。仰慕之情要终结的时候，你要学习欣赏这个男人的其他优点。当你埋怨他江郎才尽的时候，你有没有反省一下，你也已经没有那么年轻和漂亮了？

男人看一个女人，是从外表开始。女人看一个男人，首先看他的才华。十年之后，要看的再不是这些。

十年后仍然靠着仰慕来维系一段感情，那就很危险了。

如果我要嫁给一个男人，是我知道，十年、二十年、三十年后，即使我不再仰慕他，我还是会爱他，还是喜欢和他生活在一起。

不是背叛，又是背叛

L说，许多年来，她和一个男孩子维持着好像男朋友与女朋友，实际又非如此的关系。她心底里喜欢他，理智上却知道他不是适当的人。然而，一天晚上，她发现她最好的朋友和这个男孩子相恋。

她很生气。同一天之内，她失去了两个好朋友。

有时候，我们很理智地知道这个男人不适合自己。他太孩子气了，不会是我的丈夫。他太不会照顾别人了，我才不要嫁给他。我不会和他厮守终生，但我希望他永远对我忠心。我不想和他结婚，但我希望他曾经存有和我结婚的想法。当他在我身边、在我指间的时候，我不要他。然而，有一天，他谈恋爱了，我却伤心得死去活来。这不是背叛，又好像是背叛。

有一天，你会明白，好像男朋友和女朋友，实际又非如此的关系，无论拖得多么长，总有终结的一天。不是他爱上别人，便是你爱上别人。当然，最好的结局是你们终于成为真正的情侣。和他恋爱的竟是你的好朋友，也不必生气，不是她，也会是别人。你问："还能够做朋友吗？"算了吧，根本不可能。

不带雨伞的男人

大部分男人都不喜欢带雨伞，无论是阴天、微雨天，甚至倾盆大雨、十号风球，男人都自命潇洒，可以不带雨伞就尽量不带，唯恐一把雨伞会令他潇洒不羁的外形大打折扣。

虽然天有不测之风云，但男人会觉得因为听了天气预报说可能会下雨而在阳光普照的一天带着雨伞上街，十分老套。爱用名贵雨伞的男人造作。无论晴天阴天都随身携带雨伞的，是黄飞鸿。一般男人，都用不着带雨伞，因为雨总是会停的。

男人最怕女人逼他带雨伞，即使是缩骨伞，男人也觉得无端端拿着一支看起来像警棍的物体上街，十分丑陋。男人是宁愿女人为他扫去肩膀上的雨水或被他从风雨中赶来，浑身湿透的样子感动。

男人最爱得意扬扬跟人说："我从来不带雨伞的。"仿佛不带雨伞才够男子气概。一旦天公不作美，男人却不能潇潇洒洒走在街上，他们的"雨伞"通常是报纸或纸皮。

直到男人老了，变成一位阿伯，他们才愿意在下雨天带一把伞，因为这个时候的男人，若不慎给雨淋湿身体，便会发病，病得严重便会死。一个阿伯的体质已不容许他故作潇洒，而且雨伞还可以充当拐杖。

男人由不带雨伞到乖乖带雨伞，原来是一个挣扎的过程。男人终于肯带雨伞，是无可奈何。

输给岁月的男人，再难潇洒。

酣睡的深情

我比较喜欢那些能够酣睡的男人,那就是说,他每天晚上都睡得很安稳,很少失眠。睡得好的男人,是比较快乐的。

有这种男人吗?我指的当然不是那种一倒在床上就打呼噜的大肥猪。

有朋友投诉男朋友在和她亲热的时候也能睡着。

"他在那种情况下,竟然可以睡着,还在我身上打呼噜!"她悻悻然地说。

这种酣睡的男人便不可爱了。

当然,她也该检讨一下自己的魅力。

一个男人每晚都睡得好,做他的女人,你会比较安心。有爱情的滋润,才会睡得那么甜吧?如果他常常睡得不好,我会很没安全感。他身体那么弱,会不会比我早走一步?不如去找个睡得好一点的男人。

睡得好的男人会比较有生气,精力也充沛。跟一个经常失眠,又睡得不好的男朋友出去,活像带了大熊猫去散步。他那双黑眼圈,比你的眼袋更严重。这种男人太颓废了。

听说有些男人不太爱睡,每天只睡三到四个小时。有些男人有生以来只有几次酣睡的经验。

太可怜了!不睡怎么行?睡得不好,眼睛便不够明亮。眼睛不明亮,便没有款款深情的眼波。

能有一个你

你有什么新年愿望？

我的新年愿望是：能有一个你。

是的，我唯愿此生永远有你在我身旁。

这个愿望太自私，也太贪婪了。

世纪末之前的那几天，我的心情坏透了，身体的状态也坏透了。我以为是我自己的问题。这几天才知道，原来这是新世纪抑郁症。

一个新的世代已经降临，茫茫天地，我们将要做些什么？我们要得到些什么，又会失去些什么？

我怕我会失去你。

你曾经说："我是很爱你的，我很爱你。"

这样子的我，为什么还要害怕呢？

米兰·昆德拉的长篇小说《不能承受的生命之轻》的末段里，特丽莎偶然看到托马斯在弯身修理小卡车，她发觉他老了，疲惫不堪，霜染鬓发。年轻时，他未尝对她忠诚，她一直责怪他爱她不够。直到这一刻，她才惊觉自己不停地向他展示伤痛，是迫使他退却。他投降了，陪她在农村终老。他们已经山穷水尽了，他不可能再找别的女人。她用软弱来使他成为她怀中的兔子。她是多么地奸诈。

是的，当你鬓已成霜，我才能够相信，你是我的。

这就是人生

一个女孩爱上了比自己大一年的男同学。可惜，他爱的是另外一个人。

她说，她有很多朋友，有一个温馨的家庭，有学识、有运气、有健康，还拥有一只很可爱的小狗。她为这一切感谢上帝。可是，她仍然固执地朝思暮想着那个男孩。她不明白自己为什么不珍惜现在拥有的一切，却渴望得到自己不可能得到的东西。

这就是人生啊！

我们已经拥有的东西，我们不会再去追求，并且认为是理所当然的。我们还没拥有的东西，我们才会拼尽全力去追逐。

我们拥有的衣服，永远比实际需要的多，但我们仍然想买新衣。

我们已经有许多双鞋子了，还是想买一双新的。

有追求和渴望，才有快乐，也有沮丧和失望。经过了沮丧和失望，我们才学会珍惜。

没有人是一生下来就懂得珍惜身边一切的。珍惜是要学习的。曾经失去、曾经伤心、曾经得不到，你才会发现，你拥有的原来也不错。你的幸福要比你的遗憾多一点。

你曾经不被人所爱，你才会珍惜将来那个爱你的人。

Chapter

05

永不永不别离

有相逢，就有别离，可是，每个人都害怕别离。

大家都知道，最后的一次别离就是死亡。

我们口里说"天下无不散之筵席"，

心里却舍不得喝掉手中的酒，

还想再唱一支歌，再唱一支歌。你可不可以不走？

去不到终点站的列车

一对男女走在一起三年，除了头一年过得快乐之外，此后的两年都在吵吵闹闹和离离合合之中度过。三年了，两个人始终还是分不开。这就证明了一个事实：

这两个人都深爱着对方。

可是，爱情也有很多种。这一种爱情，是大家都沉溺在自虐和被虐的痛苦之中。他们互相需要，也互相折磨。

我不但可以为你浪费青春，我更可以为你堕落。

每一次想了断的时候，我又记起了你的脸。你的折磨，都变成是凄美的。每一次想恨你，却又更恨我自己，谁叫我离不开你呢？

如果没法让对方快乐，爱得多么深也是没有用的。你很想坐这班车，但这班车是不能载你去目的地的。你可以勉强挤上车，但也只能在中途下车。这不是你要的人生，你只好望着这班车离开，而车上有一个你曾经爱过的人。两个相爱的人，也许永远不相容，那么，也只好在车站分手了。

有时候，我们不肯放手，只是找不到更好的。但你不放手，又怎可以找到更好的？有一些爱情，是注定没法去到终点站的。一段爱情，如果只有过去的回忆，而没有现在的温暖和将来的快乐，那么，我们为什么还要互相折磨呢？我不介意痛苦，但我起码应该得到与痛苦一样多的快乐。

我不拥有任何人

没有任何人是属于任何人的。

你可以一厢情愿地认为自己是属于某人的。你为他奉献你的一切，无论他怎样对你，你也会死抱着他的腿不放，流着泪说："你不要赶我走！"

然而，你却不可以一厢情愿地认为别人属于你。他为什么要属于你呢？你的情人，甚至是丈夫或太太，都不是属于你的。无论你们的关系多么深，他仍然是一个独立的个体。

有朋友最近失恋了。他很不甘心地说：

"她本来是属于我的！"

一个大男人说这样的话，未免太可笑也太天真了。

男女之间最深的联系是爱而不是拥有。

我不拥有任何人，也没有任何人拥有我。当然，这一切说来容易，要做到却不容易。日子久了，我们便认为对方是属于自己的。明知道这种想法是不对的，可是我无能为力。

要很久很久之后，我们才能够接受我们所爱的那个人是不属于我们的。他有权追寻自己的快乐，他有权选择自己的生活，他也有权拥抱自己的秘密。他更有权不爱我。

我没有思念你

曾经有一个人问我：

"你有没有思念我？"

我赌气地说："没有！没有！没有！"

他问："你真的一点也不思念我？"

我说："思念你又怎样？我思念你，你也不会回来。"

他说："你这个人真是残酷。"

不是吗？当那人不在你身边，你眼看不见，手摸不到，多么思念他又怎样？他并不会马上回来你身边。

你愈是思念他，愈会恨他，恨他离开那么远，那么久。假如不用思念他，你将会多么轻松和快乐？

好吧，那就叫自己别再思念他。

思念是一个负担。

每天早上醒来，我告诉自己，我不会思念那个人。我用工作来麻醉自己。我找朋友来填满寂寞的时间，不让自己可以静下来思念着他。我很想挂一个电话给他，用不着听到他的回音，只要他听到我的留言。然而，我控制着自己不去挂那个电话。

我差一点便成功了。可是，当他回来，我才知道在过去的日子我多么思念他。

谁不愿意自己能够残酷一点？享受被人思念，却不会痛苦地长久思念着别人。

我不想分手

如果你不是真的想离开一个人，那就最好不要随便跟他说分手。

当你后悔分手，想去挽回的时候，他也许不会让你回去。

我们说分手，有时是一时意气。自己根本不想分手，但对方听你说分手说了这么多次，这次终于受够了。他说："好吧！我们分手。"

有时候，我们是真的不想继续下去。不是不爱他，而是前路太艰难，不知道怎样走。不如，我们分手吧！在感情最好的时候分开，我会永远怀念你。或许，我们还能够做朋友。

说分手的是我。然而，后来哭得最厉害的也是我。我以为我可以离开你，原来我不能。当我去找你的时候，你却说：

"我们还是分手吧。"

你不是舍不得我的吗？

你冷静地说："是你要分手的。这几天我想得很清楚，这样会对你好一点。"

我才不要你为我着想。不可以假装我没有说过要分手吗？

总会有终结

从前，我们会问对方：

"你会不会有一天不爱我？"

现在，我们不会再这样问了。有些问题，你自己心里有数。有些答案是你不想听到的，那么也最好不要问。

凡事有开始便有终结。为什么不会完呢？爱情、友情，任何关系也都如此，只是终结的方式也许不同。

那个终结，或者愉快，或者伤心，或者有遗憾，或者是不欢而散。我们唯一可以做的，就是在关系终结时，尽量让它终结得漂亮一点。

我们不再相爱了，但依然可以互相关心，不必老死不相往来。

我们的友情不可能像从前一样了，我们不会再谈心事，但是，我们也用不着绝交。

我们之间的暧昧要完了，那不代表我们以后变成陌路人。我有我爱的人，不可能要你等我。你有你的人生，不可能为我舍弃其他机会。我知道你不会再像从前那样对我了，那会使你太痛苦。但我们之间，并不是就此了断。暧昧关系的终结，可不可以是友情的开始？当然，有一天，它又会终结。开始的时候，我们就知道，总会有终结。

谁是最在乎的

女人向男人提出分手的那一刻，男人垂下眼睛，眼泪簌簌地流下来。

"可不可以不分手？"他哀求她。

女人还是绝情地摇了摇头，男人哭得更厉害。她从来没见过他哭，她也想不到他会流泪。感情开始的时候，是她比较在乎他的。在她之前，他有一个四年的女朋友。那个女孩子后来选择了另一个男人。可是，那个男人对她并不好。

他心里常常惦记着她，总觉得她是最好的，而这刻在他身边的女人，不过是寂寞时的伴侣。当时，这个女人太爱他了，明知道他思念着旧情人，她也努力不去介意。

她和他一起三年了，她不知道他还有没有思念旧情人。那已经不重要了，因为，她发觉自己已经不爱他。不爱他的程度，是她宁愿随便找个男人也不想要他。

她一直拖延着，不知道怎样开口，怕会伤害他。那天晚上，她又跟他见面了。当他搂着她，想抚摸她的时候，她觉得不能再背叛自己，她向他说了。第一次看到他流泪，她一点心痛的感觉也没有，只是觉得他哭的样子原来很难看。今天，他比她在乎，但已经没用了。

四狗去三狗回

Y君喜欢收养流浪狗。某天，他在街上发现一只患严重皮肤病的小狼狗，小狼狗可怜兮兮，身上脱毛，尾巴溃烂，差不多要死了，Y把它抱回家里，悉心照料。

在Y的爱心照顾下，小狼狗重获新生，皮肤病痊愈，身上长出的毛亮丽可人，身体强壮，步态优美，恢复自信心，差不多可以去参加狗展。

Y在它身上花的心血最多，所以在他饲养的四只狗之中，最爱这一只小狼狗。

一天晚上，Y一如往常，让四只狗自己出去跑步，结果四只狗出去，只有三只狗回来，小狼狗不见了。Y连夜在村内寻找，也找不到这只小狼狗，听说村内有人偷狗，Y四处张贴寻犬告示，小狼狗音信杳然，他知道它永远不会回来了。

Y提起小狼狗，仍然掩不住难过之情。

这个故事告诉我们，你失去的，必然是你曾经最用心去爱的一个人。

你失去的，必然是你的心血和杰作。

你失去的，必然是你最不想失去的东西。

这个故事还有第二个教训：永远不要栽培你所爱的男人或女人。你把他或她栽培得太好，结果只有两个——他从此看不起你或他被人偷了。

红绳为记

一个女人，与丈夫十分恩爱。一天，同事们看到她手腕上系着一条红绳，问她那是什么，她深情地说：

"我和丈夫两个人都在手腕系上一条红绳，作为记号，来生大家就可以凭这一条红绳相认，再做夫妻。"

在座的几位女同事听到，感动得热泪盈眶。

一年后，这个女人和丈夫决定移民，女人留在中国香港，丈夫到加拿大坐移民监。虽然很多朋友都劝她不要和丈夫分隔两地，但她想，他们既然约定来生做夫妻，死后重逢，那么中国香港和加拿大的距离又算得上什么呢？

两年后的一天，这个女人又与同事吃午饭，有人表示羡慕他们夫妻情深，女人突然泪如泉涌，伏在台上痛哭失声，原来她丈夫在那边跟一个带着儿子一起去坐移民监的女人相恋了。

两个寂寞的人毗邻而居，他见她一个女人，经常替她修理龙头电器，她见他一个男人，经常叫他过来吃饭。

在严冬里，风雪连天，两个人相依为命。

女人去加拿大找丈夫，他手腕上仍然系着红绳，但已经不爱她，他对她说："我们今生无缘，来生再做夫妻吧。"

女人含泪把手腕上的红绳剪断。

男女之间，何必订一个太伟大的盟约？盟约伟大，人却软弱。

一个伟大的盟约只会换来更大的创伤。

你会否不再需要我？

男人问："你会不会有一天不再需要我？"

这个问题谁能老实地回答呢？

沉溺在恋爱中的人总是害怕有一天不再被需要，被需要的总比需要对方的那一个更有选择权，他可以随时随地说：

"我不再需要你了。"

那么需要另一个人，其实是可怜的。有一个永恒的真理这样说——没有任何人是不可以被取代的。你曾经很需要一个人，他走了，伤透了你的心，最后，你还是要独自爬起来，因为有很多人需要你，譬如你的家人。

太需要对方，你就变得被动，时刻等待他的慰藉，甚至有一天爱到失仪，不停地追问：

"什么时候可以见面？"

被需要的那个，反而可以潇洒地说：

"今天不行，明天也不行，你别这样嘛，你也应该有你自己的生活。"

被需要的那一个，高高在上。只是，有一天，她也许不再被需要。他变了，他需要的东西不同了，也不再像以前那么需要她，他不再失仪。这一次，轮到她担心，问他：

"你是不是不再需要我？"

哪个男人能老实地回答这个问题呢？

想起自己曾经那样沉溺地需要一个人，我们毕竟有点惭愧。

不回去原来的生活

有时候，我们会厌倦自己的生活。如果有一个很大的改变就好了。也许，我会遇到一个人，他彻底改变了我的生活，让我看到一个新的未来。也许，我会遇到一件重要的事情，把我现在的生活完全变成另一种生活，波澜壮阔。

总之，就要脱离现在的生活。那么，生活也许会变得多姿多彩，不会再沉闷。人生和写作一样，最乏味就是已经知道自己接着要写些什么。然而，当生活真的发生改变，我们却不一定有勇气不回去原来的生活。

《廊桥遗梦》的女主角，在四天的激情之后，还是决定留在原来的生活里，直到老死。

以往的生活，虽然没有美丽的涟漪，却是最安全的。而新的生活，初期也许有涟漪，到了后来，也许就像现在的生活一样，平静无波。那么，又何必要冒险呢？

我们都害怕输。输了怎么办？现在是没输也没赢，不回去原来的生活，却有一半的机会输。

要告别一段生活，并非想象的那么容易。无论你多么不满意身边的人，一旦要离开他，你却不一定舍得。他不离开你的原因，也许和你一样——他没有勇气接受新的生活。

我们接受新生活，有时候出于无奈。是原来的生活不要你，不是你不要它。

革命的勇气，不是人人都有。于是，沉闷的生活也变成一种保障。

对于自己的负担

当那个人不再爱你了，那就不要让他成为你的负担。

仍然想念他，仍然希望他回心转意，这是对自己的负担。

认为他只是暂时迷失了，或者是受到其他事情的诱惑，这种想法，也是负担。

为他找许多借口，或者，自己跟自己说："虽然他不爱我，但我会等他，我会为他做任何事。"这种爱，并不是对他宽容，而是对自己的严厉。

每个人都有自己的人生。当爱情消逝了，你尽过努力却仍然无法挽回，那么，也就应该心甘情愿地放手了。

你对他的看法，他并不会同意。你继续对他好，他也不一定领情。他只会认为你不肯相信他已经不爱你了。

两个人在一起的时候，我们无法改变对方，何况是分开之后？

对于分手的情人，我们唯一再能付出的深情，便是当他有需要的时候，我会在他身边出现。他不需要我，我会消失。其他时候，我们已经是两个互不相干的人了。

不要怀恨，也不要有任何的期望和幻想，不要让已经永远没有可能回来的人成为你的负担。唯其如此，你才能够放开怀抱，去寻找快乐。

把天空还给你

每次跟外地的记者做访问，他们老爱问我同一个问题：
"你每天的生活怎样安排？"

通常，我会告诉他们，我早上起来，先做一会儿运动，然后看书、写稿、休息、再写稿，晚上会出去吃饭。

听起来很有规律，真相却是这样的：

我喜欢起床的时候就起床，喜欢睡觉的时候就睡觉，喜欢吃饭的时候就吃饭，要交稿的时候才写稿。所以，朋友任何时间打电话找我，我都有可能正在睡觉、吃饭或洗澡。

你可以说我的生活毫无规律，但这正是我的规律——一切随心所欲，肚子饿了便吃东西，想睡便睡。

独身的好处，是可以选择自己喜欢的生活，不需要别人的同意。

我想跟每一位分了手的情人说：

"答应我，你会好好地生活。"

我也希望爱过我的人会对我叮咛：

"答应我，你会好好地生活。"

离别的时候，这是最深情的话语。

我把天空还给你，也把生活还给大家。

年少的时候，我们喜欢听的是"即使分开了，我会永远爱你"。可是，有一天，我们忽然领悟了，说永远爱你，也许未能如愿。人长大了，只想对自己诚实一点，也对别人诚实一点。希望你好好生活，是我最诚挚的祝福。

高尚的谎言

恋人之间的谎言，通常有两种，"为了开脱而说谎"和"为了被爱而说谎"。

为了开脱而说谎，只是想要逃避责任和保护自己。为了被爱而说谎，是因为想你爱我多一点。

初相识的时候，把自己说得比原本好，是希望你喜欢的人也喜欢你所描述的自己。同时，为了迎合他，我们会努力对他的意见表示认同，把自我抛得远远的，做个有点虚伪的人。

热恋的时候，为了被爱，谎言在所难免。明明很想念他，偏偏装着正为其他事情操心。明明很想抓住他，偏偏装着毫不在乎，因为人总是想望企求不得的东西。

吵架之后想要和好，紧随"对不起"这一句之后的，往往也是谎言。告诉他，你为他做了这许多许多的事情，你是那么爱他的。真相是：你的确很爱他，但那些事情有一半并不是为他而做的。

为了把对方留在身边，也有不得不说的谎言。对他的爱，也许只有九十分，却将之说成一百二十分。告诉他："你是我这辈子最爱的，你走了，我活不下去。"但你心里知道自己根本没有勇气自寻短见。

情场上的谎言不比政坛少。政客的谎言可耻，情人的谎言卑鄙，我们自己的谎言却有高尚的理由。

我不是想开脱，只是因为想你爱我。我说的谎不重要，我说谎的理由才重要。

我和你的共振

有时候，你说不出为什么喜欢一个人。他长得并不特别好看，他并不完美。然而，他把你完完全全吸引住了，因为他有灵魂。

只有灵魂能触动灵魂。

有些人，出身大富之家，在世界一流学府毕业，仪表不凡，有一个光明灿烂的前途。然而，你感受不到他的灵魂，他只有一个耀目的躯壳。

另一些人，相信自己非常有内涵。他充分掌握潮流资讯，知道现在最流行的掌上电脑、数码相机、汽车和最流行的服饰。他知道什么是好东西，随时可以念出一串现代最有名的画家、建筑师、室内设计师和家具设计师的名字。他不过是个资料搜集员，没有灵魂。

灵魂是一个可能性、一种智慧。它也可以很简单：就是两个人的契合。

为什么你觉得甲有灵魂而乙没有？因为甲的灵魂能与你的灵魂共振。

当小提琴的一根琴弦被拨动时，会引起同一房间里所有弦乐器的共振，即使这个振动微弱到内耳根本听不见，但是，最敏感的人都能感受到这种共振。当灵魂那根弦被拨动了，身体和爱也会共振。

我们爱上的，是一个能拨动我们灵魂那根弦线的人。这

种感觉太奥妙了，很难去解释，以至我们只能说："他有一
种属于灵魂的东西。"有一天，当你不再爱眼前人，也许是
因为，灵魂那根弦已经断了。

不如，你送我一场春雨

那天，我穿了一双新鞋子，赶去跟你见面，突然下了一阵滂沱大雨，狼狈不堪，我的鞋子载满了雨水，裙子上还有泥泞。

你说："下雨的时候，为什么不穿一双雨鞋？"

你知道雨鞋多么难看吗？我走过许多地方，想找一双漂亮的雨鞋。色彩鲜艳的雨鞋，穿在脚上，像个小学生，又像蛙人。黑色的，却像个卖鱼的女人，又像到凶杀案现场抬尸的仵工。

而且，你知道雨鞋穿在脚上，会使人显得多么笨拙吗？我没有两条长四十四英寸的美腿，个子已经不高了，穿上短筒雨鞋，立时就矮了三英寸。三英寸，对女人来说，你知道是多么重要的吗？

雨鞋是很实用的东西，可是它毫不浪漫，除了雨衣和潜水衣之外，它配任何一种衣服都不好看。

你知道吗？每次约会之前，我总是花上很多时间选衣服。新买的衣服，要首先穿给你看，如果先穿给别人看，我会觉得那样对你不公平，因为你应该得到最好的。

可是，有时候，穿上新的衣服，站在镜子前面，总是觉得并不称心如意，终于，又穿回一件旧衣服，匆匆赶去见面的地方。

身上一切，看似不经意，却是我苦心经营，希望你快乐。

你说："不如我送你一双雨鞋。"

不如，你送我一场春雨。

那么即使我流泪，在雨中，也不容易被你看到。

吃不到的醋

你以为最酸的感觉是吃醋吗？

不是的，最酸溜溜的感觉是没权吃醋。

根本就轮不到你吃醋，那是最酸最酸的。

你暗恋的那个人，你能吃他的醋吗？眼看着他跟情人甜甜蜜蜜，眼看着他对其他人好，你就是没资格吃醋。你的喉咙，酸得差点冒出泡沫来。

你喜欢那个人，他也知道，但他不喜欢你。他跟谁来往，跟谁恋爱，也轮不到你吃醋。他对某人特别好，你恨得牙痒痒，好想走到他面前，质问他：

"你干吗跟她这样好？"

然而，你是谁？

即使望着她和他手牵手，她替他整理衣服的领口，甚至坐在他的大腿上，你也无权说些什么，你只能在心里恨她。

旧情人的醋，你也无权再吃。大家已经分手了，他跟谁一起，不关你的事。他说过会永远怀念你，永远保护你，那又怎样？他可没说过永远不爱其他人。

他有了新的对象，他投入一段新的恋情，你从来没见过他对一个人这么好。

你很想跟他说："我讨厌你跟她一起！"但你们不是已经分手了吗？吃醋也要讲名分。

吃不到的醋，是最酸的。很想吃你的醋，但我是你什么人呢？

唯愿你不用我关心

我们常常说，不要等到有事的时候才关心你在乎的人，那时也许太迟了。你平日便要关心他。这句话，对家人和亲密的人来说是对的，但对于朋友，我们的确要等到对方有事的时候才能关心他。

在香港这个地方，每个人都有自己的工作，有自己的难处，我们真的很忙。有时候，我们忙得连续六个月，甚至一年也没时间跟一个朋友碰头。他好端端的，也用不着我们特别去问候。

然而，万一有什么不好的事情发生在他身上，我们会马上放下所有工作去找他，看看有什么可以帮忙。有事的时候，他才会知道我是关心他的。平常的日子，他也许会认为我这个朋友太冷淡了，好像没什么感情。

谁不想天天跟谈得来的朋友见面、吃饭和聊天呢？可是，一旦忙起来，这一切都变成是奢侈的了。能够通通电话，已经很难得。

没有人会希望不好的事情发生在自己身上，然而，在这个匆忙的都市里，我们往往在发生了一些问题之后才知道谁是真正的朋友。真正的朋友，是在你有事时才跟你联络得比较多的。平常的日子，我们唯愿朋友和他们的家人一切安好，不需要我们的关心。

计算器都打碎了

E君有一次向我投诉一位和他交往不久的女孩子。他说：

"我送她一个价值五千块的皮包，她呢，我生日的时候，她只是送一件五百块的衬衫给我！"

听到 E 君这番说话，你的第一个印象，一定觉得他很小气吧？然而，你慢慢会欣赏他。

他不是小气，他是一个很公道的人。你对他好，他会对你同样的好。你送他一份两千块的礼物，他一定会送你一份不少于两千块的礼物。你帮了他的忙，他一定会找机会帮你忙。你请他吃饭，他也一定要再请你吃饭。他心里有一部很精密的计算器，他对你公道，他也要求你对他公道。他拿你什么，也会还你什么。

是的，这种人没什么感情，因为他是用计算器思考人生的。但是，他也有好处：他绝对不会占人便宜。这是他最值得让人欣赏的地方。当你经常遇到那些占人便宜、侵占别人的人，你会发觉，E君比他们好得多了。你会欣赏他的公道，也会为他有时太公道而摇头苦笑。

公道没有错，他最大的错，是以为爱情也应该公道。谁不知道爱情是最不公道的交易？我们的计算器都打碎了。

一天之后，已成往事

无论多么风光或多么糟糕的事情，一天之后，便会成为过去。

所以，何必太在乎呢？

你的风光或你的失意，只有你自己记得最清楚。能够放开怀抱，便没有什么大不了。

读书时很爱演话剧。那时候，花了好几个月筹备和彩排一个戏，结果，只演一场。戏演完了，我们彻夜在剧院里收拾东西。那一刻的感觉，无限寂寞。

做了那么多准备工作，投入了那么多的心血，付出了那么多的努力。一夜之后，灯火已然阑珊。

后来，不再喜欢演话剧了。

这些年来，做了很多不同的事情。每一次，都很在乎成果，也很在乎自己的表现。那么紧张，自然会给自己和身旁的人很大压力。渐渐，我发现我把问题看得太严重了。

我们习惯了什么事情都联想到一生一世。

我以后怎么见人？

我这辈子怎么办？

别人会怎么看我？

其实，除了你自己之外，有谁更在乎呢？快乐或失意，一天之后，已成往事。

温柔的慰藉

我很喜欢彼得·梅尔的《普罗旺斯的一年》和《永远的普罗旺斯》。这两本书，恒久地放在我的书桌旁边。每当我疲倦和失去目标的时候，我便会拿来翻一翻。它们是我的心灵慰藉。

彼得·梅尔是英国著名的作家。二十四年前，他放弃了国际大广告公司的高薪厚职，在生活与事业最巅峰的时刻，离开了纽约与伦敦的绚烂都会，偕妻子和他那条毛茸茸的小狗"仔仔"，隐居在法国南部的普罗旺斯山区，随后发表了《普罗旺斯的一年》和《永远的普罗旺斯》。这两本书都是记载他在普罗旺斯的乡间岁月。在作者风趣的笔触下，这个南部的山区，让人悠然神往。

此地放眼是葡萄树和山峦，生活朴素平淡。在这里，买橄榄油、采樱桃、找松露都是大事。寻找美食，是生活，甚至是生命的重心。一个老农，一个工人，都饶有趣味。

生活，可以是花团锦簇，也可以朴实无华，两者同样美不胜收，全在乎你怎样去选择。

你可以奢侈地放一个长假期，去寻找心灵的避难所，你也可以在身边寻找温柔的慰藉。只是，找一个宁静漂亮的山区容易，找一个可以陪你住在那个山区的人却太难了吧？

温暖的话

有人问："你会因为一个人说话的声音而爱上他吗？"

怎么会呢？我从没有试过爱上一个人的声音，但我会因为一个人所说的话而爱上他。

他的话总是能够给我温暖的感觉，那么，我会对他多了一份好感。

在我心情坏透的时候，他的话能让我温暖。在我最孤单的时候，他的话能令我心甜。那份甜，不是甜言蜜语，而是尘世里最好的慰藉。

在你的生命里，偶然也遇过这样一个人吧？每次他出现，你也会觉得心头暖暖的。只要看到他，你便不会生气，不会发怒，也不会再沮丧。

他说的话，好像能够为你按摩。他的想法，总是跟你那么接近，却又比你广阔一点。光是听他说话，已经是一种享受。

为什么是他而不是别人呢？

有些人说话也很精彩、很动听、很博学，却无法温暖你的心，偏偏只有这个人，无论他说什么，你总是觉得那是你听过的最温暖的话。精彩的话不一定温暖，温暖的话无须精彩，只要是出自他的口就够了。

我们总是为了那份温暖的感觉而爱上一个人，然后因为彼此的冷漠而分手。

为什么是你?

是的，我们是持有双重标准的。

任何人这样做我也不会生气，唯独是你做了，我会生气。

任何人做同一件事，也不会使我受伤。假如是你做，我是会受伤的。

所有人都可以不了解，但你不可以。所有人都可以对我不好，但你对我不好，我才会失望。

我们不是有无言的约定吗？我一直以为是不用说得一清二楚的。原来你从未理解。是我一厢情愿。

我肯被任何人欺负，但不肯被你欺负。

我不想听任何人的解释，但我想听你的。

别人可以对我说谎，我不在乎。但你的真话，我是在乎的。

别人可以误解我，但你怎么能够呢？

别人可以冷落我，但你可以吗？

我会对其他人虚伪，但不会这样对你，你也不能这样对我。

我对其他人没有期望，但我对你有。我从来没有说出我对你有什么期望，我以为你是知道的。

我不要求其他人对我坦白，但我会这样要求你。

你是我最好的朋友，不要逼我问你："为什么是你？"

根本没得选择

有时候，不是你爱不爱那个人，而是你根本没得选择。

年少的时候，我们总是认为：只要你爱那个人，有什么是不可能的呢？

你可以为他离家出走，背弃父母。

你可以为他放弃前途。

你更可以为他抛弃另一段感情。

"如果你爱我，你什么都可以为我做！"

然而，年纪大了，我们才发现，有些事情，不是不能做，而是做不出来。从前，你会恨那个因为他妈妈不喜欢你而不肯和你结婚的男人。你会哭着骂他："你爱她还是爱我？"现在，你也许已经明白，这不是爱不爱你的问题。他可以有许多女朋友，但他只有一个妈妈。他是没得选择的。

从前，你会为爱情放弃前途，因为你当时的所谓前途，只是一点很小很小的成就。当你拥有的东西愈来愈多，你没法再为爱情放弃些什么了。还可以选择吗？

从前，你会为一段感情放弃另一段感情。也许，现在已经不容易了。每一段感情都会枯萎。恩恩义义，根本没得选择。假如必须要辜负其中一个人，也只好辜负迟来的一个。

无非都是自欺

　　我最害怕别人要我用一句话去总结爱情。这是哲学家回答的问题，不是我能回答的。况且，千百年来，无数哲学家都在想这个问题，也都没有一致的答案。

　　有时候，你发觉人生是很荒谬的。万语千言，其实都可以用三言两语去总结。三言两语，却又能变成万语千言。爱情何尝不是如此？我们由万语千言开始，最后，只剩下三言两语，没什么好说了，不如分手。

　　每个人都以为自己的爱情故事一旦要说出来，都有万语千言。我们总是认为自己的故事特别轰轰烈烈，自己所爱的人也与众不同。然而，当听到别人说他们的故事时，我们心里却会认为对方的故事只需要三言两语便可以说完。

　　我常常会收到一些来信，写信的人激动地告诉我：

　　"我的故事跟你的小说一样！我就是那个主角。"

　　我们都希望自己的爱情美得像小说吧？

　　也许，所谓人生与爱情，无非都是幻觉、想象和自欺。

　　没有了想象和幻觉，爱情便很平淡。

　　而自欺，几乎是每一段爱情的迷药。有了迷药，才有爱的感觉。不要告诉我你从来没有自欺。

你有没有对不起一些人？

有些问题，还是不要随便问人的好。

几天前的一个晚上，我跟朋友通电话时，无意中问起他：

"你有没有对不起一些人？"

他想了想，回答说："没有啊！"

我已经把这件事忘记了，谁知道他却因此而不开心了很多天。

原来，那天挂上电话之后，他很认真地再想一遍，自己到底有没有对不起别人呢？

不想还好，一旦开始想这个问题，他不得不承认，自己对不起几个人。这几个人，包括他以前的女朋友，还有他的弟弟和妹妹。事隔许多年了，他一直把那份内疚藏在心底最深处，不去想它。因为我问他："你有没有对不起一些人？"那份原本藏得很深的内疚立刻就被挖了出来。

他并非做了对不起以前女朋友和自己弟弟妹妹的事，而是他原本可以多做一些事。如果他有那样做，这三个人现在不会这样，他们会生活得比现在好。

有谁没有曾经对不起一些人呢？那些给我们对不起的人，也许正好好地活着。一声迟来的对不起，也已经没意思了。

迫切的分手

当一个人很迫切地要和你分手，你便答应他吧。

他那样迫切，何尝不是对你的一种侮辱？

他巴不得你马上在他眼前消失、巴不得马上和你脱离关系。既然这样，你夺回尊严的唯一方法，也是要像他那么迫切，不要怠慢。

你一旦怠慢，他便会讨厌你，认为你是故意妨碍他和另一个人。

有些人总是不够清醒，看到对方那么迫切，却偏偏还想挽留，还叫对方想清楚。他要是想得不够清楚，不够决绝，才不会那么迫切。

当你变心了，完全不爱眼前这个人了，你才会露出一副焦急的样子，不管用什么方法，只想快点了断。

有些人偏偏要报复，既然他那样迫切要跟我分开，我就是不答应，我就是要拖延和折磨他。你等吧！等我想放弃，我便放弃，时间表在我手上。

这不是折磨对方，这是侮辱自己。

他想你搬走，你要把所有属于自己的东西搬走，要快得他也无法想象。

迫切的人是留不住的。他根本没有爱过你，才会这样践踏你的尊严。

爱情善终服务

在地铁通道上看到灵实医院的善终服务介绍，善终服务是为时日无多的人提供帮助，让他们好好走完人生最后旅程。

控告子女侵吞财产的孙婆婆也表示以后要独自租一间房子居住，聘请菲佣照顾起居，以期有尊严地走完人生的旅程。

我们对末日岁月，还是有一点希望的，所谓善终，就是让人有一段日子去接受死亡的现实，接受自己对自己的生命已失去控制权。人生百岁，谁无一死？但求不要死得太难看而已。

生命要善终，爱情也是一样。

让一段爱情善终，大家都可以留一个美好回忆。有人在分手之后到处数臭对方。数臭对方，岂不是间接承认自己遇人不淑，所以不得善终？善终服务之一是要有口德，不要让一段爱情死得太难看。

善终服务之二是不可强求，保持失败者的风度，不要让自己死得太难看。

有人在被抛弃之后，不肯接受现实，死缠烂打，千方百计阻止对方与新欢结合，诸多习难，反目成仇。这种行为不独不能赢回对方的心，反而使他觉得离开你是对的。

有人在抛弃对方之后，便不闻不问，恩断义绝，相爱一场，何必这么冷酷？善终服务之三是遇上旧情人要求帮忙，尽量伸出援手，不要让对方死得太难看。

爱情在法庭上的地位

外电报道，西班牙一对夫妇向法庭申请离婚，理由是彼此不再爱对方，法庭却认为没有爱情并不足以构成离婚的理由，否决二人的离婚申请。

彼此不再爱对方并不是离婚的理由？

初看觉得可笑，原来法律的确如此，中国香港也是。中国香港跟随大英法律，一对夫妇申请离婚的五个理由分别是：

一方通奸，令配偶不能忍受。

被其中一方不合理对待。不合理对待的范围可以很广泛，譬如一方受到虐待、夫妻没有性生活等等。

分居一年，双方同意离婚。

一方不同意离婚，双方分居两年。

一方被离弃两年。在这五项离婚的理由之中，并没有一个理由是彼此不爱对方。

没有爱情往往是一段婚姻破裂的原因，却不能成为法律上的理由。一对不再有爱情的夫妻只能以其他理由了结婚姻，听说曾经有人为了速战速决，长痛不如短痛而承认通奸，结果要付出高昂的代价。

法庭不接受彼此不爱对方作为离婚的理由，因为法官不能为爱或不爱下一个定义。

怎样才算没有爱情？怎样才算爱？古往今来，文人哲人为爱情下过很多定义，可是，从来没有一个定义是被法庭承认的。

爱情在法律上并没有地位，它毕竟太抽象。

狗的分离焦虑症

　　读一本猫狗饲养的手册，才知道狗也有"分离焦虑症"。当主人外出，狗便会感到恐惧和不安，甚至感到自己跌入无底的深渊。猫习惯孤单，但狗是群居动物，它们最受不起分离的打击。严重的"分离焦虑症"患者，需要接受药物治疗；轻微的，也会在家里大肆破坏。

　　专家提供了好几种方法安抚这类"分离焦虑症"的狗，其中一个方法，就是主人在离家前不妨留下一些美味的点心给狗享用，最好是一些它从未享受过的好滋味。当狗忙于享受美食，也就可以减轻思念的痛苦。

　　人不是也和狗一样吗？分手的时候，只有美食可以让我们暂时抵抗着思念的痛楚。从前的人，伤心的时候茶饭不思，也许是以前没有这么多好东西吃吧？

　　谁没有"分离焦虑症"？我们比害怕孤单的小狗好不了多少。我们比狗幸福，是我们能够自己付钱去买好东西吃，它们却不可以。

　　分手的日子，假如还有食欲的话，那便不要亏待自己。平日只舍得吃回转寿司，今天就要去吃怀石料理。爱情没有了，不妨挥金如土。美食不会让你忘记那个人，但是，它可以暂时抚慰寂寞的心灵。吃是其中一件不需要用脑的事。也许他永远不会回来了，尽情吃吧，吃饱了再哭，比较有气力。

不散的筵席

　　新学年开始了，许多人要面对新的环境，也要面对别离。考上预科或大学的，要离开考不上的朋友。有机会重读的，要离开没机会重读的朋友。不能再升学的，也要跟同学分手。

　　成绩考得不好的，固然难过。成绩好的，也舍不得旧同学，却不敢抱怨，怕别人觉得自己在说风凉话。

　　离别本来就是人生不停上演的故事，我们不是早已经习惯了吗？

　　小学和中学的时候，开课的第一天，我们最关心自己编在哪一班，好朋友会跟自己同班吗？当我们知道对方跟自己不同班时，心里不知道多么难过。这样的离别，上演过许多遍了。

　　然而，别离之后，我们很快又会认识一些新朋友，然后忘记了旧的。

　　旧人将会被新欢取代。对付别离的唯一方法，是善忘。

　　忘记了，便不再伤感。

　　不断建立感情，然后失去；然后再建立感情，我们的人生是这样的。

　　不习惯离别，只是你年纪太小。

　　我希望世上有不散的筵席，真的，我从未如此渴望。可是，我知道是没有的。

牛口水

新加坡有个地方叫牛车水，世上有一种人，叫牛口水。

牛的口水黏性特别强，很难断开。牛吃干草时，一天要分泌将近两百升的口水，而人类口水的分泌量，一天只是大约一升。

惹上一个"牛口水"情人，那就很可怜了。

他黏性特强，一经接触，就很难把他甩掉。他要知道你每天的行踪，他要认识你的同事、朋友和家人。你去到哪里，他也跟到哪里。他没有自己的嗜好。你去打网球，他也跟着去，但他只懂坐在场边观看。他不需要个人空间。当你提出你要一点个人空间时，他会很惊讶。

他没有朋友，你跟旧同学见面，无论清一色是男生或清一色是女生，他都跟着来。

搬到你家住，那是早晚的事。

对"牛口水"来说，恋爱就是两个人牢牢地黏在一起。这是天经地义的。更要命的是，他可以不要你，但你不可以不要他。你费尽唇舌，流干了口水，也无法令他放开你。因为，他是"牛口水"。

我很好，而其实……

　　若问什么是浪漫，大概是一个很笨的问题。不同时代，不同时刻，不同的人，不同的年纪，不同的心境，就有不同的浪漫。

　　很久很久以前，交笔友是浪漫。今天，网上情缘才是浪漫。

　　当你只有十二岁，男同学主动教你做功课，把测验卷借给你抄，都很浪漫。当你二十二岁，浪漫可能是一个出其不意的吻。当你三十二岁，浪漫是携手同游布拉格。当你四十二岁，浪漫是一起吃早餐。当你五十二岁，你不会再追寻浪漫。

　　对暗恋者来说，浪漫是欲望无法得到满足。

　　对失恋者来说，浪漫是永远无法忘记他。无论怎么努力，还是无法忘记他。

　　对从没谈过恋爱的人来说，浪漫只能靠想象。

　　对过来人而言，浪漫是回忆。

　　对那些喜欢自虐的、永不振作的人来说，所有痛苦都是浪漫的。

　　最浪漫的爱，是得不到。

　　最浪漫的情话，是当那个已经跟你分了手的人打电话来问："你好吗？"你稀松平常地回答："我很好。"

　　而其实，你还是爱着他，你一点也不好。

宁愿和你终生厮守

从前以为两个人要共度一辈子是不容易的，可是，现在愈来愈觉得，两个人要共度一辈子，并不困难。

是"共度"，而不是"相爱"一辈子，有什么难呢？

只要你不要有太多要求和期望，只要没有第三者的出现，我们准可以跟另一个人厮守终生。

不要问自己："我是不是余生也只能跟这个人在一起？"也不要问自己："三十年后，我还会爱他吗？"这样的话，你会安安分分地和一个人地老天荒。

我们离开一段长久的感情，是因为我们有太多要求，也因为我们以为自己厌倦了。两个人要天长地久，其实也不需要很多条件。大家的兴趣不用完全相同，性格也不用一样。只需要有一点点的相似，又有深厚的感情，我们已经可以度过年年月月。

我们需要的是一个伴儿。

当爱情不再那么浓烈，我们仍然会依恋，因为习惯了，也因为害怕。

害怕分开之后的孤单。

害怕做一个负情负义的人。

于是，宁愿和你终生厮守，希望你也是如此。

离别的叮咛

离别的时刻，我们会有许多的叮咛：

"以后要好好照顾自己啊！"

"要尽量让自己快乐啊！"

"要小心身体啊！不要再那么晚才睡觉啊！"

"不要再思念我了！我不值得！"

"找一个比我对你好的人吧！"

"不要再爱上像我这样的人。"

有权在离别时叮咛的，往往是提出分手的那个人。

因为他从今以后不在你身边了，因为他首先不再爱你和不需要你，所以他能够潇洒地说这样的话。

当你听到的时候，泪在眼眶里打转，无限依恋。

他说："希望你快乐！"

你恨恨地说："不用你来关心我！"

他说："我是为你好。"

你终于哭出来了，哀求他："我们不要分手好吗？"

他难过地望着你，说："我们是没可能的了。"

那为什么还要有离别的叮咛？

也许，我们都是这样的人。明明是自己要走的，竟又以为最深情的是自己。即使离开了，也希望自己永远被对方怀念。

有了离别的叮嘱，仿佛所有的罪恶感也减轻了那么一点点，走也走得比较漂亮。

下一次，你多么希望能够在离别时叮咛的是你。而那一句话，最好能够是："以后不要再爱上漂亮而又聪明的女人，记着啊！"

为你唱一支骊歌

董桥先生在《英华沉浮录》第二卷《香港中文不是葡萄酒》里提到，他小学毕业时唱的一首骊歌是弘一法师填词的：

"长亭外，古道边，芳草碧连天。问君此去几时还，来时莫徘徊。天之涯，地之角，知交半零落。人生难得是欢聚，唯有别离多……"他说，数十年后读到这些句子还是想哭。

我好喜欢这首骊歌，但我没唱过。我四处向朋友打听，竟然没人唱过这首歌。原来，大家唱的骊歌是不同的。大部分人唱的是《友谊地久天长》，有的唱英文，有的唱中文。最令我惊讶的是有人唱《友谊之光》。《友谊之光》不是电影《监狱风云》的主题曲吗？竟然变成了中学毕业生的骊歌。还有的朋友说，他那时候唱的是徐志摩的《偶然》。年轻一点的朋友唱的是流行曲。

虽然没有朋友唱过弘一法师那首骊歌，而且年代也不相同，我还是把这支歌用在小说里：男主角约了女主角在他们常去的那家餐厅等。餐厅里刚好有一群中学毕业生在举行谢师宴。男主角等了一个晚上，女主角没有来。他给她太多痛苦了，她不想再见他。学生们正在高唱骊歌："长亭外，古道边，芳草碧连天……"他知道她不会来了。她为他唱的，也是一支骊歌。

餐厅外面，她来了，但她没有进去，他们从此没见过一面，天涯永隔。那一支骊歌，一直唱到终结。

再唱一支骊歌

读者阿王来信说，他在五十年前唱过弘一法师填词的这一支骊歌，但是歌词跟我们记得的有一点出入。他记得的歌词是这样的：

长亭外，古道边，芳草碧连天。

晚风拂柳笛声残，夕阳山外山。

天之涯，地之角，知交半零落。

一瓢浊酒尽余欢，今宵别梦寒。

阿王说，这是半世纪以前的残存记忆。近二十年来，他的好友一一辞世，他自己亦年逾花甲，低唱至"知交半零落"，不禁怆然而泪下。

骊歌触动了人心。每个年代都有一支骊歌，每个人心里都有一支唱起来会流泪、听到也会伤感的骊歌。一个朋友说，他那时候唱的骊歌是徐志摩的《偶然》："我是天空里的一片云，偶然投影在你的波心……"

这支骊歌听起来是那么轻，离别却是沉重的。我们不一定是为要离开的那个人伤感，有时候，我们觉得伤感的，是离别本身。

有相逢，就有别离，可是，每个人都害怕别离。大家都知道，最后的一次别离就是死亡。我们嘴里说"天下无不散之筵席"，心里却舍不得喝掉手中的酒，还想再唱一支歌，再唱一支歌。你可不可以不走？

明年今日之约

你曾否与人订下长远的约会? 比如说, 每年的同一天相聚?

我曾经有几个朋友是每年才见一次的, 没有约定哪一天, 通常是对方生日的时候。一年里其他的日子, 我们甚至很少通电话, 这种约会, 经年过去, 就无疾而终。其中一位朋友, 因为有一年忘记了我的生日, 一直不好意思再找我。一年后, 当我找她, 才知道为什么没有她的消息。假如这种相聚的方式变成负担, 那倒不如忘记了更好。

最初加入电视台的时候, 是要上一个月的编剧班的。同班的有十三个人。最初的几年, 大家都会在六月的某一天相聚, 因为六月是我们第一天上班的日子。后来, 各散东西, 这个每年一度的约会大概也没人记得起了。

当时上编剧班, 导师放给我们看的第一部电影, 正是《明年此时》, 故事说的是一对有家室的男女在旅馆中相遇, 一见钟情。第一次偷情之后, 他们约定每年的这一天回到旅馆偷情。这个约会一晃眼便数十年, 两个人由年轻活到年老, 大家都改变良多。当他们可以一起生活时, 却又觉得已经不需要。

这是电影故事, 现实中也许没有这样的"牛郎"和"织女"。

我曾经跟某人泪眼相看, 约好分手后每年相聚。这样的承诺, 后来当然没有实现。许诺的时候, 不过是一种不舍。在滔滔流逝的时光里, 明年今日或去年今日, 都太遥远了。

什么都不是

在一些爱情小说或电影里，都出现过以下这句话：一人深情款款地对另一人说：

"没有你，我什么都不是。"

你在人海中遇上某个人，彼此相爱，他改变了你，发掘了你的优点，帮助你了解自己，你甚至比以前更成功和出色。一天，你不禁认为，没有他，你只是一个平凡的人。你的一切，都是因为认识了他。

然而，他却告诉你："没有你，我也不会变得比以前好。"当你衷心感激另一个人把你改变的时候，你曾否也衷心去欣赏自己？如果你本来什么也不是，那么，无论遇上任何人，你也不会蜕变。

两个人遇上了，不管谁丰富了谁，都是命运的安排。

为什么你会遇上他而不是别人？为什么在人生某个时刻，你们会相逢，没有早一步，也没有迟一步？从前的一切，都好像是为相逢的这一刻做准备的。你得承认，他不是孤单一人来到你面前，而是带着不可预知的命运。

从那一刻开始，你不一样了，他也不一样了。所有共同去经历的恩爱和怨恨，使你明白，你命中早已注定会有这个人。

我们可以选择不爱某个人，却无法选择不去遇上某个人。蓦然回首，原来命运早已有安排，只是你当时还没察觉而已。

到底是谁改变了谁？没有命运，我们什么都不是。

无常的情歌

我们总会慨叹人生无常，没有什么是永恒的，一切都只是一瞬间。当我们突然收到一位年轻朋友的死讯，我们感叹人生无常。当我们听到不好的消息时，我们也会说，无常就是人生。

无常是无常态，无论快乐还是痛苦，都是转瞬即逝，人生匆匆。

然而，人生不正是因为无常才有价值吗？

我们喜欢的事物，我们爱恋的人，以至我们拥有的一切，都注定要面对无常的命运。所有的快乐都是有限制的，而这些限制也同时把快乐提升。

我们不该再嗟叹生命的无常，反而应该去感谢。

爱情那么迷人，可是没有人能保证永恒，你不能，你爱和爱你的那个人也不能。无论你们过去或此刻多么相爱，这份爱也许会有消逝的一天。因为不知道哪天会消逝，我们才会爱得那么热烈。我们对抗的，是无常；使我们爱得疯狂的，也是无常。

人的形体及容貌的美，不会永存。如果花不会凋谢，我们也许不会为一朵美丽的花而惊叹。无常使生命更有魅力。虽然我们或许不肯承认，事物的消逝才是我们愉悦的来源。

我们爱上的是最终会消亡的事物和人。

我们享受生命的无常，人生是一支为无常而唱的情歌。

Try Me!

去买香薰油的时候，看到柜台里每一瓶香薰油都贴着一个"Try Me!"的标签。虽然明知道这是推销的手法，但是那一刻，的确有点心软和感动，想全部都带回家去。

请你试试我吧！如此温柔，你怎么好意思拒绝呢？而且，即使价钱不便宜，你掏腰包的时候却一点也不心痛。那就好像当你走进一家宠物店，决定不了买哪一只小狗回家时，突然看到其中一个笼子里的一只小狗，用它那双深褐色的大眼睛，可怜巴巴地望着你，一副很想跟你回家的样子。它身上虽然没有挂着"Try Me!"的胶牌，它的眼睛却说出了这两个字。那一刻，你会不计代价把它抱回家。

被需要的时候，我们都会变得感性。

当有人需要我们，我们会在顷刻间柔情万缕。

男人离不开一个很需要他的女人，女人也舍不得放下一个需要她的男人。

虽然理智告诉我们，没有了任何人，一个人也可以活下去。但是，感性却说："没有了我，他怎么办？"

你需要别人多一点，还是别人需要你多一点？当一个人说"我不需要任何人"的时候，他只是在懊恼自己。

情爱里的遗憾之一，是不再被需要。那个曾经很需要你的人，已经可以自己生活了。从前那份依恋，一去无痕。

不要再问天长地久还是曾经拥有

有人问："你喜欢天长地久，还是曾经拥有？"

问这一类问题，已经太落伍，实在没心思回答，爱情怎能这样分界？

也许，每一个人在另一个人的生命里，都有一种作用，作用完了，功德圆满，也就分手。他只是她生命里的一个过客、一块跳板，却影响了她一辈子，这算是曾经拥有，还是天长地久？

她在他最失意的时候出现，他本来已经放弃一切，因为遇上她，他变得积极进取，不再自怜。他从幽谷里走出来，变成一个光芒四射的人。然后，因为许多原因，她要离开了，她知道，她在他生命里的作用已经完了，即使她走了，他也不会倒下来。所谓缘尽，也就是她在他生命里扮演的角色是时候消失了。

她本来是一个很简单的女人，以为爱情就是人生的全部，整天憧憬着跟自己心爱的男人结婚、生孩子，过着幸福的生活，直到遇上他，她才知道自己可以不平凡。爱情原来不是人生的全部，她不再憧憬结婚和生孩子，她对幸福的生活有了新的见解。一天，他要离开她了，虽然伤感，但是他留给她的养分，将会滋润她一辈子。

不要再问天长地久还是曾经拥有。凡是美好的东西总是以不同形式地久天长，功德圆满。当天分手的时候，你很伤心，今天回首，你才醒觉，他离开，因为他的作用已经完了。人生何处无离别？最重要的是你们各自在对方的生命里起过一些什么作用。

乡愁的乐园

你是否相信在遥远的天堂，有一个乐园？

无论你相信哪个宗教，或者你根本不相信任何宗教，人对天堂总是怀着憧憬。

天堂就是人生最后的乐园。我们都有寻找乐园的倾向。童年时，在学校的圣诞表演里，我们都渴望能够饰演从天而降的小天使。夜里，我们仰望苍穹，深信那片天空之后还有另一个美好的世界。

长大之后，当我们满怀失落，当我们沮丧和挫败，我们安慰自己说："明天会更好的。"明天，何尝不是一片未知的乐园？

我们竭力在人间寻找天堂，寻找乌托邦、香格里拉和世外桃源。人是所有动物之中唯一相信有天堂乐园的。

因为生命之后有一个永恒的国度，所有的正义、良知、责任，都变得必需。我们害怕进不了天堂。而死亡却不再可怕，我们会在天堂与至爱重聚。

在我们指望天堂乐园的时候，我们也企图在人世上寻找。我们寻找爱欲的乐园、事业的乐园、个人的乐园。找不到的时候，我们更渴望天堂。找到了，我们更相信将来还有一片乐土。

"迪士尼乐园"贩卖的是乐园概念，世上还有林林总总以"乐园"之名行销的商品。我们因何向往天堂？人本来就从天堂来，那时我们无忧无虑，在母亲怀中被喂哺。然后，我们忍受分离、面对痛苦，重演亚当和夏娃的堕落。天堂本来就是我们的回忆，终其一生，我们努力重返天堂。

人对天堂的憧憬，是一种乡愁。

永不永不说再见

今届诺贝尔文学奖得主，德国作家格拉斯的第一部小说《铁皮鼓》的主角奥斯卡，是一个拒绝长大的小孩子。拒绝长大，也就可以拒绝成人世界的痛苦。

小飞侠彼得·潘有一天听到他爸爸妈妈讨论他长大之后应该做些什么，他害怕起来，立刻离家出走。他不要长大，他只要做个了不起的小孩子。他带领叮叮铃、温迪和她两个弟弟，飞越伦敦大桥，追寻他的 never-never-land——永不永不长大之地（又作"永无乡"）。做一个老小孩，远远比做一个寂寞的成年人幸福。

有看过汤姆·汉克斯主演的电影《长大》吗？一个渴望长大的小孩子碰到一部神秘的命运占卜机，他许下了要长大的愿望。第一天早上，当他一觉醒来，他真的长大了。他逃离了家，闯进成人的世界，工作、交朋友、谈恋爱。然而，他发现做成年人一点也不快乐。他千辛万苦，终于找到那部神秘的占卜机。这一次，他要变回小孩子。

小孩子都是渴望长大的。不想长大，是成年人的梦想。我们不可能永不长大。心智不长大，肉体却成年了，那只会更痛苦。

每个人心中都有一片永不之地。既然不可以永不长大，但愿永不苍老。永不苍老也是奢望，那么，可否永不孤单、永不害怕、永不忧伤、永不贫穷、永不痛苦？有一天，当我们幸福地在心中那片永不之地登陆，我们或许还是希望永不失去。

忘掉岁月，忘掉痛苦，忘掉你的坏，我们永不永不说再见。

不要忘记想念我

你要离开我，到一个很远的地方去。在那里，你可以发挥所长。我舍不得你走，可是，我要留在这里，这里有我的梦想。可以给我一点时间吗？跟着你走，我只能做你身边的女人。虽然我也喜欢这样，但你知道，我不甘心就这样做一个依靠男人的女人。

我最安慰的，是你明白我。最内疚的，也是你明白我。你让我做自己喜欢做的事。两地相隔，是一场赌博，我不知道你会不会变心，而我又会不会变心。

追求梦想，总要有所牺牲吧？

有一天，我们会重聚。

离开之后，我想你不要忘记一件事：

不要忘记想念我。

想念我的时候，不要忘记我也想念你。

我想念你的时候，我想你不要忘记我的梦想。因为这个梦想，我们才会暂时分开。我是为一个梦想而跟你分开生活，不是为另外一个男人。

我想你不要忘记我的笑容。

我想你不要忘记我的眼泪。

我想你不要忘记，你一个人的时候，我也是一个人。

我想你不要忘记，即使你忘记我，我也不肯忘记你。

婚礼和葬礼

人生的两件大事——婚礼和葬礼，其实有很多共通点：主人家邀请的，都是同一批人。

在葬礼上，我们品评死者的遗容，研究他的化妆。在婚礼上，我们品评新娘的尊容。

有些新婚化的妆好像死人化的妆。

死者出殡前一天，亲人和挚友会留在灵堂，陪他度过入土为安前最后的一天。新郎结婚前一天，挚友会陪他度过自由身的最后一天，明天便要送他去死。

在婚礼上，最出人意料的，是不见了新郎和新娘。在葬礼上，最出人意料的，是不见了死者。

在婚礼上，可以临阵退缩。在葬礼上，绝不可以。

在葬礼上，我们不需被迫跟主人家合照。

在婚礼上，有人欢笑，有人流泪——包括新郎新娘的父母、情敌及感怀身世的女人。在葬礼上，也是有人流泪，有人欢笑——事关谁是死者的巨额遗产继承人。

在婚礼上，我们会问别人："什么时候轮到你？"在葬礼上，不能这样问。顶多只可以问："什么时候轮到自己？"

在婚礼上，男女双方山盟海誓。在葬礼上，我们才明白，山盟海誓敌不过死亡。

情如渡河船

　　写了一个短篇小说，名字叫《离别的手镯》，有读者读了之后觉得很苍凉。我写的时候，完全没有这个意思。我只是想说一些很真实的事情。故事的女主角在三年前离开男人，当时，男人深情地对她说："我会永远等你。"

　　三年后，经历了好几段感情挫折的她，从外地回来，再见这个男人。在重聚的一场谈话里，她知道他身边已经有人了。

　　她没有失望，只是有一点点的伤感。

　　她终究是明白的，浪漫爱情与现实人生之间毕竟有一点距离。

　　写这样的一个故事，并不是代表我否定承诺。我是很相信承诺的。谁能拒绝这么美丽的信誓呢？当恋人说会永远等我，永远不会放弃我，那一刻，天塌地崩也不再重要。

　　我相信承诺，因为向我许下承诺的人，直到今天，还是守约的。

　　即使有天不守约，我也不会责怪他。

　　在答应某件事情的那一刻，我相信他是诚恳的。有那么一个人，因为爱你而愿意肩负一个承诺，你为什么不衷心地相信和感谢呢？后来，形势改变了，并不代表他从前爱你不够深。

　　在时间的长河里，爱情是一条渡河船。

　　河水滔滔，由于千万分之一的几率和无数的偶然，我们

与另一人相逢、相爱，共度了人生一段美好的时光，生命的流域从此扩大了。

两个人的目的地相同，那固然是最完美的。即使最后要去的地方不一样，你不会否定船上的一场相遇。那场相遇，曾经激起最翻腾的浪花。